よろず屋稼業　早乙女十内（三）

涼月の恋

稲葉　稔

幻冬舎時代小説文庫

よろず屋稼業　早乙女十内（三）

涼月の恋

目次

第一章　幽霊橋

一

神田川に架かる新シ橋をわたり、昼間は古着屋の並ぶ柳原通り《やなぎわらどお》りに出たときだった。左の土手道に黒い影がすうっと亡霊のように浮かびあがった。

影は三つで、背後には黒く象《かたど》られた柳が揺れている。

ほろ酔いの早乙女十内《さおとめじゅうない》は一瞥《いちべつ》しただけでそのまま足を進めたが、三つの影が土手を蹴るように俊敏におりてきて、行く手を遮った。

十内は眉宇《びう》をひそめて立ち止まり、三人の影に目を凝らした。しかし、三人は黒頭巾を被《かぶ》っていて顔はわからない。

星あかりを受ける双眸《そうぼう》だけが光っている。光っているのは目だけではない。三人がそれぞれに持っている抜き身の刀も、ぎらりと星あかりをはじいている。

「なにやつ？」

十内は酔いを醒まそうとかぶりを振って声をかけた。

「金を置いていけ」

真ん中の男がくぐもった声を漏らした。

「金を……」

「無事に二本の足で帰りたけりゃそうするんだ」

左の男がいう。強い殺気はない。おそらく脅しだろう。

「懐《ふところ》の財布を出せ」

今度は右の男だった。

十内は男たちの背後を見た。人の姿はない。おそらく近くにも人の目はないだろう。昼間とちがい、このあたりはずいぶん静かである。

「金を出さなかったらどうする？」

「生きては帰れないってことさ。ひひっ……」

真ん中の男がずりっと足を進めてきた。

間合いは三間《けん》。十内は腰に大小を差している。

「……わかった。払えば黙って通してくれるんだな。それにしてもこの手許《てもと》不如意なときに、追い剝《は》ぎにあうとはおれもついておらぬ」

十内はぶつぶついいながら、懐に手を差し入れ、小銭を十枚ほどつかんだ。それをさっと男たちの足許にばらまくように投げた。十二、三文だろう。

「ほら、払ったぜ」

三人は散らばった金を見はしたが、その目に怒りの色をにじませた。

「きさまッ。おれたちを虚仮《こけ》にする気か……」

真ん中の男が歯軋《はぎし》りをするようにいう。

「虚仮にされているのはおれだ。金がほしかったらそれを拾って帰れ」

「舐《な》めるなッ」

いきなり真ん中の男が斬りかかってきた。十内は半身を右にひねりながら、鞘走《さやばし》らせた刀で相手の脾腹《ひばら》を撃ちたたいた。棟打ちである。

どすっと、鈍い音がして、男は小さなうめきを漏らして倒れた。

「おい、相手が悪かったな。それにおれは金なんぞ満足に持っておらぬ。これ以上痛い目にあいたくなかったら、頭を冷やして、明日から真面目にはたらくことだ」

十内はぶら提灯《ちょうちん》を高く掲げて、二人の男にいい放った。

「くそッ。ふざけたことを……」

右の男が突きを送り込んできた。十内は相手の剣先を、打ち払ってかわすと、持っていた提灯を地面に置いた。

刹那、もうひとりが背後から撃ちかかってきた。十内は右足を軸にしてくるりと反転するなり、鳩尾《みぞおち》にすばやく返した刀の柄頭を埋め込んだ。

「うごっ……」

相手は体を二つに折ってその場にくずおれた。

残った男は、十内の腕に恐れをなしたのか、刀を青眼に構えたまま躊躇《ためら》っている。

十内は右手一本で持った刀を肩に添えて、足を進めた。

男がその分さがる。間合いを二寸詰めると、二寸さがるといった按配《あんばい》だ。

「おい、追い剝ぎをやればどんな罰を受けるか知ってるんだろうな」

「…………」

「知らぬか。獄門だ。どうだ、それでもおれの懐の財布がほしいか。だったら晒《さら》し首になる覚悟でおれの金を奪ってみやがれッ！」

十内の恫喝《どうかつ》に、相手はまた数歩さがった。

「く、くそっ……」

男は悔しそうに吐き捨てると、そのまま身をひるがえして逃げていった。先に倒した二人を振り返ると、よろよろと立ちあがって逃げるところだった。

十内は冷めた目で腰抜けの追い剝ぎを見送って、地面に置いていた提灯を拾いあげた。

一時ほどの暑苦しさはないが、汗をかいていた。

「せっかくの酔いが醒めちまった」

つぶやいて夜空を見あげた。

空はいまにも降ってきそうなほどの星たちで埋められていた。

二

十内は上《あ》がり框《かまち》に腰をおろして、豆腐屋から一丁の豆腐を水桶に入れてもらったところだった。戸障子に朝日が射し、手入れの悪い庭に咲く朝顔が大きく花を開いている。木々の葉は夜露に濡れて瑞々《みずみず》しく光っている。

「そりゃあ災難でしたね」

豆腐屋は巾着に代金を入れていう。

「おまえも気をつけろ。このところ金に困っての追い剝ぎが横行しているらしいからな」

「へえ、気をつけやしょう。でも、あっしは寝るのが早いんで夜歩きはしませんから」

「あやしいやつがいたら避けることだ」

「そうします。では、どうもありがとうございやす」

豆腐屋はぺこりと頭を下げて家を出ていった。

十内はふうとため息をついて、目の前を飛び交う蠅を手で追い払って台所に向かった。

橋本町《はしもとちょう》一丁目にある小さな一軒家が、十内の住まい兼仕事場である。玄関脇には「よろず相談所」という看板を掛けている。

煮炊きや掃除洗濯をしてくれる下僕か女中を雇いたいが、商売は思うにまかせないので現状に甘んじている。もっとも町屋の暮らしは、窮屈な実家にいるよりはずっとましで、それなりに楽しんでいるし、ときに金になるやり甲斐のある仕事も舞い込んでくる。

その日、一番の客が朝五つ（午前八時）の鐘が鳴り終わるころにやってきた。

「婆さんがねえ……」

客の相談は深刻だが、十内は気乗りしない。

ぼけた婆さんがいなくなったので探してくれというのだ。客は馬喰町《ばくろちょう》の隠居老人で、おおよそ三日おきに徘徊癖《はいかいぐせ》のある婆さん探しをしているらしいが、

「わたしも見てのとおり年を取っておりますから、歩くのが日に日に億劫《おっくう》になりましてね。それでどうかお願いできないかと……」

甲兵衛《こうべえ》という隠居老人は、長年やっていた金物屋をたたんで、蓄えた金で細々と暮らしているという。

「気の毒だとは思うが、しょっちゅう婆さん探しをやるとなると……」

「やっていただけませんか」

甲兵衛は身を乗りだして、しょぼつく目で十内を見る。

「今回にかぎってということなら考えるが、頻繁に婆さん探しをやることはできないな。こう見えても何かと忙しい身の上なんだよ」

「そうでしょうが、何とかお願いできませんか。このとおりです。礼ははずみますので……」

甲兵衛は深々と頭を下げる。禿頭が十内の目にまぶしかった。

「それより、うろつかないようにできないのかい？　倅《せがれ》といっしょに住むとか、孫に面倒を見させるとか、いろいろと考えようがあるだろう」

「それはもちろん考えておりますが、倅が首を縦に振ってくれないんでございます。母親とはいえ、ぼけた年寄との暮らしはなにかと煩《わずら》わしいんでしょう」

甲兵衛の困った顔を見ると断れないので、

「わかった。それじゃあとであんたの家に行って、それから探してみよう」

と、十内は安請け合いをした。もっとも礼をはずむといわれたので、そのことに心が動いたのでもあるが。

甲兵衛が帰っていくと、煙草《たばこ》を喫《の》んで、茶をすすり、団扇《うちわ》をあおぎながら蚊《か》に刺された脛《すね》のあたりを掻《か》きむしる。

猫の額ほどの狭い庭には、日に日に弱まりつつある夏の光が降り注いでいる。蟬《せみ》の声は相変わらずだが、夕暮れになると、蜩《ひぐらし》の声が聞かれるようになっていた。

甲兵衛が帰ってから小半刻ほどして、身なりのいい男があらわれた。絽《ろ》の羽織の下には、落ち着いた麻の小袖《こそで》を着ていた。

「倅と申しましても女房子供もいる男です」

男は福々しい顔をしていた。名を惣《そう》右衛《え》門《もん》といった。齢《よわい》六十二というが、血色もよく霜を散らしてはいるが髪も豊かだった。

「その倅がどうしました？」

「躾《しつけ》をしてもらいたいんでございます」

「躾……。女房と子供がいるならいい年ではないか……」

「さようで、今年三十八になりました。わたしは一代で店を築きましたが、躾がおろそかだったのか、倅に譲った店が傾きはじめまして、このままでは潰れてしまうかもしれません。そうなっては大変です。わたしが口を挟めば、倅はうるさがりますので、ここは他の人の手を借りるしかないと思い、一度ご相談をと思いまして惣右衛門は額に浮かぶ汗を、手ぬぐいで丁寧《ていねい》におさえていう。

「……」

「商売はなんだ？」

「堺屋《さかいや》という屋号で紙問屋をやっております。店は大伝馬町《おおでんまちょう》にありますが、ご存じありませんか？」

「いや……」

十内が首を振ると、惣右衛門はひとしきり自分の苦労話をした。

生まれは伊勢松坂で、十八で江戸に出てきて紙屑買いから身を立て、紙問屋を開業したという。

和紙は丈夫な繊維で出来ているので、劣化も損傷も少ない。百年たっても変質しないほどだ。それに江戸期において紙は貴重なもので、一度使われた紙でも、何度も回収再生が行われていた。このために回収業者、古紙問屋、漉《す》き紙業者などと分業化が進んでいた。

惣右衛門は天秤棒《てんびんぼう》を担いで町の家々や商家を訪ねては、使い古しの紙を買い取り、古紙問屋に売るという仕事から成り上がったらしい。

「ま、あなたの話はわかった。それで、そんなに倅殿の行状は悪いんで……」

十内は惣右衛門の自慢とも取れる苦労話に釘を刺した。

「このところやけに出銭が多いので、支配人に調べさせてみますと、ここ二月《ふたつき》ほどで三百両が消えております。それもすべて店主である倅が使ったようで……」

「二月で三百両なら一月《ひとつき》で百五十両……」

十内はあたりまえのことを驚きながらつぶやく。

「さようです。これがつづけば、年に千八百両の損金が出ることになります」

「それは放ってはおけぬな」

「見過ごしていたら身代《しんだい》がなくなってしまいます」

ふうむと、十内は腕を組む。たしかに大変なことだ。

「是非とも力添えをいただき、倅をたたき直してもらいたいんでございます」

「さて、女房子供がいる商家の主《あるじ》を……できるだろうか……」

いささか自信のない十内であるが、

「うまくいきましたら礼金百両をお支払いします」

と、惣右衛門がいうものだから、驚かずにはいられない。

「まことに百両……」

「百両であの馬鹿息子がまともになれば、安いものでございます」

目をまるくしている十内に、惣右衛門はたたみかけた。

「わかった。やれるだけのことはやってみよう。しかし、どうにもならなかったらどうする？　もし、おれの努力が実らなかったならばだ……」

「なしです」

「なし？」

「びた一文たりとお支払いしません」

惣右衛門はぴしゃりといって、言葉を足した。

「しかしながら何かと物入りがあるかと思いますので、先にその費《つい》えだけはおわたししておきます」

「……いいだろう」

「では、しかとお願いいたしますよ」

惣右衛門はそういって、懐から一個の包みを膝許《ひざもと》に置いた。

「十両でございます。倅の行状がなおり、仕事に精を出すようになれば、百両、耳を揃《そろ》えておわたしいたします」

三

「なに、なーに？」

と、入ってきたのは隣に住む由梨《ゆり》である。両国《りょうごく》や浅草奥山で軽業《かるわざ》をやっている曲芸師である。天真爛漫であどけない顔をした十八歳だ。

座敷に座る十内の前にちょこんと座って、嬉《うれ》しそうな顔をする。

「めずらしいじゃない。何かいいことでもあったの早乙女ちゃーん」

遅れて入ってきたのは由梨と同居しているお夕《ゆう》だった。狩野祐斎《かのうゆうさい》という絵師の手伝いをしている女だ。手伝いといっても、現代でいうモデル仕事である。

それもしどけない恰好をさせられることが多いらしい。本人は美人画を描いてもらっているといっているが、どきりとする絵があることを十内は知っている。お夕は十九歳で、豊満な体つきをしている。浴衣《ゆかた》の襟《えり》からは白い胸の谷間がのぞいているし、腰のあたりの肉置《ししお》きは何とも男の欲情をそそる。

「その〝ちゃん〟はやめろ」

「だって、服部《はっとり》という町方の旦那はそう呼ぶじゃない。ねえ、由梨ちゃん」

と、お夕は由梨に同意を求める。

「あれはいわせているだけだ。おまえたちまで同じように呼ぶんじゃない」

「あら、ご機嫌斜めね、それで何かご用があるんでしょう。いったい何？　またおいしいものでも食べさせてくれるの」

「お夕、おまえはしゃべりすぎだ。ちょっとその口を閉じていろ」

いわれたお夕は、形よく整っている唇を引き結んだ。

由梨はきらきらと澄んだ瞳を十内に向けて、団扇で風を送ってくれる。

「人探しをしてもらいたい。婆さんだ。この辺をうろついているらしいから、捕まえて家に連れ戻してくれればいい」

「お婆さんを……」

由梨が長い睫毛《まつげ》を動かして、お夕と顔を見合わせる。

「そうだ」

「ただじゃないでしょうね」

お夕がいう。

「無事に連れ戻してくれたら一両。二人でわけろ」

「お婆さんを探して一両。悪くない仕事だわ」

由梨は乗り気のようだ。

「探して家に連れて行くだけでいいのね」

お夕が確認するように聞く。

「それだけでいい。これから詳しいことを話すから、よく聞いておけ。相談をしに来たのは馬喰町一丁目に住んでいる甲兵衛というご隠居だ。探してもらいたいのはそのご隠居の古女房でおとねという。甲兵衛の家を教えるから、早速行っておとねのことを詳しく聞いて探してくれるか。ただし、おれも探していることにしておけ。おまえたちはおれの弟子という触れ込みでいい」

「あら、それじゃ早乙女さんは、寝転がってあたしたちをはたらかせるだけで、うまい汁を吸おうってんじゃないでしょうね」

由梨があおいでいた団扇を休めていう。

「おれには他に、どうしてもやらなきゃならないことがある。そっちのことで手が離せないんだ。頼まれてくれるか」

由梨とお夕は、顔を見合わせてどうすると短く相談する。由梨は仕事は休めばいいというし、お夕は祐斎からお呼びがかかっていないので、今日は大丈夫だという。

「いいわ、やってあげる」

お夕が答える。

「でも一両に色をつけてほしいわ」

由梨がちゃっかりしたことをいう。

「なんだ?」

「何かおいしいものをご馳走してもらいたいわ」

十内は煙管《キセル》の吸い口で、耳の穴をかいて、視線を泳がせた。

「よかろう。うまくいったらうまいものを食わせてやる」

由梨とお夕は「やったー」と手を打ち合わせた。単純だが、憎めない女たちだった。

そんな二人に甲兵衛からの相談と、甲兵衛の住まいを詳しく教えた十内は、早速、出かける支度にかかった。

鮫小紋《さめこもん》の単衣《ひとえ》を着込み、縹色《はなだいろ》の羽織を手にしたが、表の烈日を考え、羽織はなしにした。深紅の帯を締め、白足袋《たび》を履く。見た目は派手だが、五尺八寸の身の丈には妙に似合って様になっている。

大小を差した十内は、そのまま家を出た。いきなり地面を灼きつけている日射しが襲いかかってくるので、手にしていた深編笠《ふかあみがさ》を被って、顎紐《あごひも》をしっかり結んだ。

紙問屋・堺屋は大伝馬一丁目にあるらしいが、十内は覚えがなかった。惣右衛門は江戸で十本の指に入る大店《おおだな》だといったが、もしそうでなかったら、もう一度掛け合わなければならないと考えていた。最悪の場合、相談は断る腹づもりだ。

ひやかし半分の相談が、これまで何度かあり、無駄ばたらきをしたことがある。もうそんなことはごめんだった。

幽霊橋《ゆうれいばし》をわたり、そのまま浜町堀沿いの道を拾っていった。川沿いには柳があり、いくらかの涼風をもたらしてくれる。十内の派手な身なりに、ときどきものめずらしそうな視線を送ってくるものがいるが、いっこうに気にせず歩く。

縁《えにし》橋の角で道を右に折れる。そのまままっすぐ行けば、大伝馬町である。

「ようよう、よう」

ひび割れたようなかすれ声が聞こえてきたのは、通油町《とおりあぶらちょう》を過ぎようとしたときだった。声を聞いた瞬間、十内は内心で舌打ちをした。

「早乙女ちゃんじゃないか、どこへ行くんだい？」

振り返りたくなかったが、振り返った。

北町奉行所の定町廻《じょうまちまわ》り同心・服部洋之助《ようのすけ》が、茶店の日陰に立ち、片手に持った十手《じって》で肩をたたいていた。面長《おもなが》で色白の頰に笑みを浮かべている。

「これは服部さん」

「なにが服部さんだ。気安く呼ぶんじゃねえ」

嚙《か》みつくような顔をして、敵意剝《む》きだしの目を向けてくるのは、洋之助に金魚の糞《ふん》のようについている松五郎《まつごろう》だ。小網町《こあみちょう》の岡っ引きだが、あまり自分の縄張りにいることはない。

「そろそろしのぎやすくなるんだろうが、いつまでたっても暑いもんだ。ちょいとこっちに入りな。茶ぐらい奢《おご》ってやる。ささ、そんなところにつっ立ってちゃ通行人の邪魔だ。ただでさえ図体がでかいんだから……。これへこれへ」

洋之助は自分が座っている長床几《ながしょうぎ》を十手でつつく。

十内は誘いにはのりたくないが、断れば面倒なので、少しだけ付き合うことにした。洋之助の隣に腰をおろすと、洋之助は麦湯を注文してくれた。

「商売のほうはどうだい？　儲かっているかい？」

「そうでもない」

「おい、口の利き方に気をつけやがれッ」

威嚇《いかく》するようにいうのは松五郎であるが、十内は無視する。背が低く猪首《いくび》の男だ。無視されたのが気に食わないらしく、やけに太くて濃い眉《まゆ》の下にある目でにらんでくる。十内はそれも無視する。

十内は「さん」づけはするが、洋之助に対等の口を利く。

「まあおまえさんの商売も、思い通りにはいかないってことだろうが、それはどこも同じだ。だが、地道にやるのが一番だ」

「……………」

十内は黙って麦湯に口をつける。

「何か変わったことはないか？　近所で目に余る悪さをしているやつがいるとか、盗人に入られた家があるとか……何でもいいんだ」

この辺は町方らしいことを訊《たず》ねる洋之助である。

「なにもないな」

と、いいかけて、十内はすぐに言葉をついだ。

「いや、あった。昨夜のことだ。三人組の追い剝ぎにあった」

「なに？　おまえさんが……」

「そうだ」

「そりゃあどじな追い剝ぎだ。おまえさんの派手な身なりを見て騙《だま》されたんだろう。

こりゃあ金を持っていそうだとな」

わっはははと、洋之助はからかうように短く笑ったが、

「それでそいつらはどうした？」

と、すぐ真顔に戻った。

「返り討ちにして追っ払った」

「なに、捕まえなかったのか？」

「酔っていたから、追う元気がなかったんだ」

「怖くなって、てめえが逃げたんじゃねえか」

松五郎だが、やはり十内は相手にしない。

「返り討ちにしたといったが、斬ったのか？」

「いや斬りはしない。痛めつけただけだ」

「さようか……。だが、今度そいつらを見たらとっ捕まえて、真っ先におれに知らせるんだ。近ごろ追い剝ぎの被害が出ていて困ってるんだ」

おそらく洋之助は自分の手柄にしたいのだろう。

「今度会ったらそうするよ」

「そうしますといわねえか。この木偶《でく》の坊が」

松五郎が吼《ほ》える。

「これ、おまえは黙っていろ。話ができねえじゃねえか」

洋之助に注意された松五郎は、首を亀のようにすくめて黙り込む。

「今度は逃がすんじゃねえぜ。首根っこを押さえて、近所の番屋に放り込むんだ」

「そうしよう。そして、服部さんに真っ先に知らせる」

「そうそう、それでいいんだ、それで。ようやくおまえさんもわかってきたな」

「では、おれは先を急ぐので……」

十内が立ちあがると、洋之助がいまのこと忘れるなと念を押してきた。

そのまま十内は立ち去るつもりだったが、ふと思いだしたように、

「紙問屋の堺屋を知っているか？　大伝馬町にあるらしいが……」

と、聞いてみた。

「なに、堺屋だと。知らねえわけがない。おれが面倒みてる大店だ。堺屋がどうした？」

十内は主の伊兵衛《いへえ》のことを聞こうと思ったが、すんでのところで思いとどまった。洋之助に訊ねれば、かき回されるかもしれない。おそらく、堺屋にうまく取り入って、みかじめ料をもらっているはずだ。洋之助ならやりかねない。

「ちょいと用があるだけだ」

十内はそれだけをいって、洋之助と別れた。しかし、これで堺屋が大きな紙問屋だというのがわかった。

四

お夕が由梨と合流したのは、神田堀に架かる待合橋《まちあいばし》の上だった。

「見つかった？」

由梨は「ううん」と首を横に振った。

「お夕ちゃんのほうもだめなのね」

「でも、まだ探しはじめたばかりだから……」

といってお夕は神田堀の欄干に手をついて、首筋につたう汗をぬぐった。

空に浮かぶ雲を映す堀には、軽鴨《かるがも》の親子が泳いでいた。親鳥のあとにつづく五羽の幼い子鴨が、行列を作っていた。

「可愛いわね」

由梨が並んでつぶやくようにいう。

「ねえ、今日は七夕《たなばた》だったのね。ちっとも気づかなかった」

「わたしは知っていたわ。だから今日はお夕ちゃんと短冊を作ろうと考えていたの。そんなときに早乙女さんからお呼びがかかって、お婆さん探しやる羽目になったからね」

「そうか、短冊か……」

お夕はずっと遠くの空に目を向けて、言葉をついだ。

「わたしは由梨ちゃんとちがって、いつも家のなかで祐斎先生の仕事にお付き合いしているから、七夕のことすっかり忘れていたわ。でも、こうやってお婆さん探ししていると、あちこちで篠竹《しのだけ》に飾った短冊見て……」

「どうしたの？　お夕ちゃん、何だかしみじみしたこといって……変よ……」

由梨があどけない顔を向けてきて、首をかしげた。

お夕はそのまま堀のなかに視線を落とした。一艘の荷舟がやってきて、軽鴨の親子が岸辺に逃げていった。

「ねえ、由梨ちゃんには心をよせたいような人いる？」

「え、なに……急に、そんなこと……」

お夕は由梨を見た。

「いる？」

「あたしは……」

「なに……」

「そりゃあ、ひとりぐらいはいるけど……」

「誰？」

「いやだァ。どうしてそんなこと聞くのよ」

「ひょっとして早乙女さん……」

由梨の頬がぽっと赤くなった。

「なによ。ちがうわよ。お夕ちゃんこそ、早乙女さんのこと……」

「ううん、あたしには気になる人がいるの」

お夕がさらりというと、由梨は大きな二重の目をぱちくりさせ、

「誰？」

と、聞くその顔にわずかな安堵《あんど》の色が浮かんだのはなぜか……。それでもお夕は気にせず、つぶやくようにいう。

「ひょっとして片想いかな……」

「ねえ、誰のこと？」

由梨は興味津々の顔になっているが、お夕はてんでちがうことを口にする。

「今夜は彦星と織姫が鵲《かささぎ》の橋をわたって、年に一度会う日なのよね」

「鵲の橋ってなに？」

「天の川に架かっている橋よ。この橋がそうだったら、あたしは……」

お夕はうっとりした顔になり、ある男の顔を脳裏に浮かべた。

「ああ、じれったい。お夕ちゃん、いったいその人はどこの誰。教えて、ねえ、あたしにだったら教えてくれたっていいでしょう」

由梨がお夕の袖を引っ張ってせがむ。

「だーめ。まだいえないわ。あの人に脈があるようだったら教えてあげる」

「ずるぃ」

「ねえ、今夜、短冊を飾ろうか。篠竹をどこかでもらってきて、そうしよう」

「いいけど。でも、その前にお婆さん探しをしなきゃ。なんたって、一両の賞金が懸かっているんですからね」

由梨は現実的なことを口にする。

「そうだわね。まずはそっちが大事だわよね」

「そうよ。でも、気になるなァ……」

「そのうち教えてあげるわよ」

お夕はそういって、待合橋を離れた。由梨があとを追いかけてくる。

五

十内は大伝馬町に店を構える堺屋を確認した。これまで気づかなかったが、表通りに面した立派な店である。間口は八間ほどだが、奥行きがあり裏の勝手口は隣の家の戸口より大きかった。

表口には堺屋の看板が大きく出ており、「紙店」「地唐紙」「小間紙大問屋」などの小看板や暖簾《のれん》が飾られていた。

「現金掛け値なし」という謳《うた》い文句もあるが、これは日本橋の越後屋がはじめた商法を真似《まね》たものだ。掛け売りをしないで、正札どおりに現金取引を行うということである。

女の奉公人はいず、丁稚《でっち》から番頭までみな男だ。もっとも台所仕事を預かっている女中はいるようだが、たしかめることはできなかった。

近所で聞いたところによると、奉公人の数は番頭以下二十五人だというから、かなりの大所帯だ。江戸有数の紙問屋だというのはよくわかった。

さて、先代惣右衛門が問題にしている倅の伊兵衛だが、これがなかなかたしかめることができなかった。直接訪ねてゆけばよかったのだが、自分の派手な身なりを考えて、二の足を踏んだ。

(こんななりでは躾は無理かもしれぬ)

と、十内は我が身を顧《かえり》みたのだった。

そんなこんなで一刻ほど、堺屋の近所をうろついているうちに、やっと堺屋伊兵衛を見ることができた。

すらっと背の高い二枚目である。役者にしてもおかしくない面立ちで、とても大金を濫費《らんぴ》している男には見えなかった。年は三十八だというが、四、五歳は若く見えそうだ。

伊兵衛が客を送り出したところを見たのだが、十内は声をかけるのを躊躇った。いきなりおまえの躾をすることになったなどとはいえない。

どうやって接近すればよいか考えるべきだった。

まず、出た答えは、相手のことをよく知るべしだった。

十内は隠居の身になっている伊兵衛の父親・惣右衛門に、もう一度会って話を聞くことにした。住まいは店からほどない小舟町にあった。

一軒家だと思ったが、意外や長屋である。もっとも二階建ての造りで、部屋数も座敷二つと居間と寝間がある大きな家だ。何でもぶち抜きで二軒の家を借りているらしい。

「へえ、まだ声はかけておられませんか。感心なことです。それがよいでしょう。いずれにせよ、昼間は忙しく仕事をしておりますので、商売以外の話をする暇はないでしょうからね。さ、どうぞ……」

惣右衛門は麦湯を勧めてくれる。

十内は遠慮なく湯呑みをつかみ取って、一気に飲みほした。炎天下の道をうろうろしていたので、喉が渇いていたのだ。

「それにしても早乙女様、そのなりはどうにかなりませんか？」

惣右衛門は十内の深紅の帯を凝視していう。

「そう思われるか。いや、そうであろうな……。これは着替えることにする」

「どうしようもない倅ですが、商売はしっかりできる男です。それに客商売という仕事柄、人を見る目も養っております。書もやれば詩もやります。それらの素養は身につけているのですが……」

「なにが足りないと思われる？」

「さあ、そこのところがわたしにはわからないのです」

「ふむ。……それで、店のことだが大まかにどうなっている。いや、紙商売だというのはわかるが、その奉公人とか番頭とかそのへんのことだ。人は人によって感化される。朱に交われば何とやらと申すだろう」

「まさか、店の者に唆《そそのか》されて金遣いが荒くなっていると……」

「そういうこともあるかもしれぬ」

十内は遮《さえぎ》っていう。

縁側につるされている風鈴が、ちりんちりんと音を立てた。小庭の先は隣の商家の塀だが、意外や風通しのいい家だった。惣右衛門はいかにも高価そうな使い古しの扇子を優雅にあおぎながら、店のことについて説明をしていった。

惣右衛門は長男の伊兵衛に家督を相続させてはいるが、折りにふれては店の経営状態を調べていた。それは直接ではなく、目代《もくだい》と呼ばれる男を介してのことだ。

目代は伊勢商人にある独特の存在で、商売に長《た》けた老練な人物が据えられる。多くは江戸店と伊勢店を持つ商家にある役職だが、堺屋は江戸の本店一軒のみなのにその管理制度を取り入れていた。

もっとも目代の仕事は年がら年中ではなく、三月に一度だという。

基本的には、主の下に支配人がいる。これも伊勢商人の組織にある独特のものだ。商売のほとんどの責任は、この支配人が負っている。

支配人の下に番頭がいて順に、手代《てだい》、丁稚となる。このあたりは他の商家と同じだ。

ただし、惣右衛門が伊勢松坂の出身ゆえ、奉公人の半数以上が伊勢から出てきたものらしい。残りはその係累だというから、やはり伊勢商人の血が受け継がれているといっていいだろう。

「すると、伊兵衛殿の金遣いの荒さに気づいたのは、支配人ではなく目代ということだろうか……」

「当然、支配人も気づいておりましたが、倅には強く諭すことができなかったようで、それで目代のほうに相談が行き、その調べの結果がわたしのところにまいったという次第です」

「それがわからないんでございます」

「金の遣い道は？」

「わからない」

十内は首をかしげ、眉宇をひそめた。

「倅は帳簿をうまく誤魔化していたようですが、ここ二月ほどは支配人に黙って、出納《すいとう》を預かる番頭から金を調達していたようで……調達といえば聞こえがよろしゅうございますが、半ば脅して店の金を持ちだしていたようで」

惣右衛門はふうと、長い吐息をつき、首を振って、せわしなく扇子をあおぐ。あきれはてているという顔だ。

「番頭がしっかりしておれば金を持ち出されることはなかろう」

「そうはいきません。倅は店の主です。大名家でいえばお殿様、公儀でいえば将軍様みたいなものです。めったなことで主人に盾突く奉公人はいません。それに、あれはわたしのような苦労をしておりませんので、我儘《わがまま》なところがあります」

要するにおぼっちゃま育ちだから我が強いのだろう。傍目《はため》にはよく見えても、店のなかでは暴君のように振る舞っているのかもしれない。

「わたしの前では猫を被っているのか、よくできた子なのですが……目の届かないところでは何をしているのかわかりません」

「ご隠居の前ではおとなしくて聞きわけがよいということだな」

「さようです。女房の前でも同じです」

十内は伊兵衛のことがなんとなくわかる気がした。十内は家督の継げる長男ではない。俗に「部屋住み」と呼ばれるただ飯食らいだった。

長男が不意の事故や病で倒れないかぎり、養子に行く道しか残されていない。それを嫌って家を飛び出し、浪人のような暮らしをしているのだが、やはり両親の前では本性を隠している部分があった。

親は子のことをすべてわかるようなことをいうが、実際わかっていないことが多々ある。子供には親の知らない一面があるのが普通だ。よくも悪くもそうである。

「夫婦仲はうまくいってるのだろうか？」

「それは別段気にはしておりません」

うまくいっていると考えていいようだが、これも実際はわからないことだ。

十内は惣右衛門から見た、倅・伊兵衛の性格を聞いたが、これは参考程度だと考えていた。とにかく、伊兵衛を知るには伊兵衛と近づきになるしかない。結局のところ、そういうことのようだ。

惣右衛門の女房が麦湯を差し替えたところで、十内は暇《いとま》を告げた。

六

(男にとって仕事とは何であろうか……)

伊兵衛は席に座ったまま、そんなことを考えていた。

高足膳《たかあしぜん》には見慣れた料理が並び、そばに置かれた折敷《おしき》には銚子が三本あった。

蚊遣《かや》りの焚《た》かれた小部屋の窓は開け放たれ、築山を施した庭が見える。灯籠《とうろう》のあかりが、鯉《こい》を泳がせた池に映り込んでいた。

(女房子供を養い、贅沢な暮らしをするためだけが仕事なのか……)

伊兵衛は自問自答を繰り返しながら、独酌で酒を飲んだ。

近くの座敷から三味線の音や都々逸《どどいつ》が聞こえてくる。楽しげな哄笑《こうしょう》がそれにまじった。

伊兵衛は盃を宙に浮かしたまま、閉まっている障子を眺めた。

小浪《こなみ》を指名したのだが、他の席についているという。柳橋《やなぎばし》芸者は、芸は売るが色は売らないというが、このごろはそのかぎりではない。

三年ほど前（文政七年）、老中首座にある水野忠成《みずのただあきら》の主導で、淫売女の取締りが行われ、深川《ふかがわ》の岡場所が厳しい調べを受けた。そのあおりを受けた深川芸者も仕事がやりづらくなり、柳橋に移ってきたものが多い。

小浪もそんな芸者のひとりだった。そうはいっても俠気《きょうき》を売りにしてきた、いわゆる辰巳《たつみ》芸者ではなかった。それじゃ金次第で客に身を売る女かというと、これがそうでもない。芸者にしてはめずらしく身持ちの堅い女だった。

伊兵衛が気に入ったのはその堅さだった。

（これは落とし甲斐がある）

初めて会ったときにまず思ったことであるが、小浪の整った面立ちや肉置きのよさ、そして透けるような肌も伊兵衛の気に入るところだった。

以来、三日にあげず通ってきているが、人気者だけになかなか席についてくれない。今夜もそうである。

心は焦《じ》れているが、その胸の内は読まれたくないから平静を装っている。しかしながら、今夜は先に予約を入れていたにもかかわらず待たされているのだった。

(わたしを馬鹿にしているのか……)

箱持ちが前の席が空《あ》いたらすぐにまいりますと弁解に来たときには、かっと頭に血が上ってしまった。かといってそこで怒っては大人げないと思い、必死に自分を抑えたのだった。

それに、小浪を指名しているのはどこかの大きな旗本だという。へたに物いいをつければ、無事にはすまないかもしれない。刀で脅されたらぐうの音《ね》も出ない。

ここはじっと辛抱であった。

(男ははたらくだけが能ではないはずだ)

伊兵衛は暇をまぎらわすために、仕事の意義はどこにあるのだろうかともともとの考えに耽《ふけ》ることにした。それにしても、もう半刻は待たされている。

池の鯉が跳ねるのを見て、痺《しび》れを切らしたように厠《かわや》に向かい、途中で小浪のいる座敷をのぞき見ようとしたが、障子は外敵の侵入を阻《はば》むようにぴしゃりと閉じられていた。

さらに、伊兵衛をやきもきさせる小浪の楽しげな笑いが聞こえてきた。

「くっ……」

唇を引き結んだ伊兵衛は用を足すと、自分の小座敷に戻り憤然と酒をあおった。

(金で呼べるならそうしてやる)

と思うが、それではあまりにも品がなさすぎると、自分を戒《いまし》める。

(わたしは、江戸でも指折りの大店の主なのだ)

そんな自負と矜持《きょうじ》が、伊兵衛の苛立《いらだ》つ気持ちを抑える。しかし、その忍耐も長くはつづかず、両手を打ち合わせて仲居を呼んだ。

廊下に足袋音がして、

「お呼びでございましょうか」

と声がかかった。

「勘定だ」

十内は柳橋の小さな居酒屋に腰を据えて、通りの反対側にある〝瀧《たき》もと〟という料亭の玄関を眺めていた。窓際のその席に居座って、一刻近くになろうか。

堺屋の主・伊兵衛にどうやって近づこうかと考えていたが、声をかけるきっかけをつかめずにいた。

待ったり待たされるのは、十内の性分に合わない。これが仕事でなかったならすでに帰っているところだが、何しろ百両という仕事である。

短気を起こしている場合ではなかった。いまさらではあるが、伊兵衛が店を出たときに、それとなく声をかけておけばよかったと後悔していた。

ちびちびと酒を飲んでいたが、気づいたときは四合ほどあけていた。気が張っているせいか酔ってはいない。

(今夜は見届けるだけにしておこうか。何も慌てることはない)

いいわけめいたことを胸の内でつぶやき、伊兵衛と近づきになるのは明日にしようかと考えた。それでも遅くはないが、あと小半刻だけ待ってみようと〝瀧もと〟の玄関に目を向けたとき、番頭に送りだされる伊兵衛の姿が目に飛び込んできた。

「おい、勘定だ」

十内はそばを通りがかった女将《おかみ》に声をかけた。

表に出たとき伊兵衛は柳橋をわたりすぎようとしていた。十内は少し距離をおいてあとを尾《つ》けた。昼間は人でひしめき合う両国広小路《りょうごくひろこうじ》も、いまは閑散としている。ところどころに小さな飲み屋のあかりがある程度だ。

呼び込みもいなければ、矢場《やば》から聞こえてくる喚声や太鼓の音もない。一匹の野良犬が提灯を持って歩く三人の侍の前を横切っていた。

伊兵衛は横山町の通りに足を進めていた。麻の葉の小袖に絽の羽織といったなりだ。すらりと背が高いので、うしろからでも姿見がいい。

十内は気軽に声をかければすむことだと思い、足を速めた。と、伊兵衛は脇の路地に入って一軒の小料理屋の暖簾をくぐった。

十内はどうしようかと一瞬躊躇ったが、あたって砕けろだと思って、伊兵衛のあとを追うように店に入った。

伊兵衛は小上がりに腰を据えていた。女中に注文をしたばかりで、煙草入れを取りだしていた。

「ひょっとして、堺屋の旦那ではないか……」

十内が声をかけると、伊兵衛が顔を向けてきた。訝《いぶか》しそうな目をして、十内の身なりをひと眺めした。

「どちらの方でしたでしょうか……」

伊兵衛は商売人らしい問いかけをしてきた。

「あんたの店に何度か行ったことがあるんだ。もしや、そうではないかと思ってな」

「はあ、それは失礼をいたしました。いつもご贔屓《ひいき》にありがとう存じます」

「いいかい」

十内は厚かましく伊兵衛の前に座った。伊兵衛は戸惑ったが、拒否はしなかった。

「だいぶ過ごしやすくなってきたな。これで、ようやくぐっすり寝られる」

「………」

「商売は相変わらず繁盛のようだな」

「はい、お陰様で……」

伊兵衛は目を伏せて女中の持ってきた銚子を受け取り、

「いかがです」

と勧める。

「それじゃ遠慮なく」

十内は酌を受けたので、返してやった。

「おれは早乙女十内と申す。伊兵衛というんだったな」

「さようで……」

「気晴らしの酒かい。いや、毎日忙しい身だろうから、酒でも飲んでないとやっていられないのだろう」

「ま……」

伊兵衛は酒に口をつけた。平静をよそっているようだが、顔にはかすかに迷惑だという色が刷《は》かれている。

「ここにはよく来るのかい？」

十内は店内を見まわした。

土間席に二組の客があるだけだった。近所の職人のようだ。

「いえ、たまたま入ってみただけです」

「なかなかいい店じゃないか」

「あの、早乙女様はご浪人さんで……」

「ま、そんなもんだ。だからといって遊んでいるわけじゃないが、そう忙しい身でもない。食うに困らぬ程度の仕事をしているだけだ」

「……………」

伊兵衛はわずかに警戒しているようだ。

「町方に服部洋之助という同心がいるだろう。たしか堺屋さんにも出入りしている
はずだが……」

伊兵衛の目に驚きの色が刷かれた。

「ちょっとした知り合いでな」

「まさか早乙女様も町方の旦那で……」

「そんなふうに見えるかい？　いやいや、おれはちがうよ。服部さんとは顔見知り
程度だ。だからといって、町方の世話になっているわけじゃない」

服部洋之助の名を出せば、少しは伊兵衛の警戒心も解けるはずだと思っていた。

案の定、伊兵衛の顔つきが少しだけ変わった。

「しかし、あの男は曲者《くせもの》だ。面倒見は悪くないだろうが、金の無心が過ぎるのでは
ないか」

伊兵衛は整った眉を動かした。

「あれはそんな男だ。かといって町方をむげにできないから、堺屋さんも大変だろう」

「よくご存じで……」

「度が過ぎるようだったら、おれは何かの役に立つかもしれぬ。そのときは遠慮なくいってくれ。だが、おれの名は服部さんには出さないほうがいい。何かと口うるさい男だからな」

「そのときは……」

よろしくお願いしますというように、伊兵衛は小さく頭を下げた。

「さ、おまえさんの邪魔になっては悪い」

十内は引き際のよさを見せた。相手の信用を得るためには、しつこくしないほうがいい。

「あの、早乙女様にはどうやってご連絡を……」

雪駄《せった》を履いたとき、伊兵衛が声をかけてきた。

「近いうちに店のほうに邪魔をするよ」

十内は口の端に、相手を安心させる笑みを浮かべて店を出た。

（今日はこれぐらいでいいだろう）

気持ちよい夜風にあたりながら、十内は帰路につくことにした。

七

お城の内堀から竜閑川《りゅうかんがわ》を流れてくる堀川は、神田堀あるいは竜閑川と呼んだりする。しかし、幽霊橋のあたりから浜町堀と名を変え大川に注ぎ込む。

お夕と由梨は幽霊橋のたもとで篠竹を立てていた。枝には自分たちの願いを書いた短冊を吊していた。

夜空の星々を映す川面には、二人がさげてきた提灯のあかりが帯を引いていた。

「織姫と彦星はもう会っているかしら……」

由梨が満天の夜空を見あげていう。

「そうね、もうこんな刻限だからきっと会っているんでしょうね」

お夕も夜空をあおいで、しみじみとした口調でいった。

町屋には夜の帳《とばり》がおりているが、星あかりに抱かれていた。暑さもやわらいでいて、気持ちよい風が吹いていた。

「願いが叶《かな》うといいわね」

由梨が顔を向けてきたので、お夕は小さくうなずいて、

「叶ってほしいけど、わからないわ」

と、首をすくめる。

ひそかに思いを寄せている人には、妻子がある。うまく知り合いになったとしても、歯牙《しが》にもかけられないかもしれない。

「あたしお夕ちゃんの思っている人は、てっきり早乙女さんだと思っていたんだけど、全然ちがうんだ。ねえ、誰か教えてくれたっていいでしょう。いったいどこの何という人なの？」

由梨がきらきらと澄んだ瞳を向けてくる。お夕はどうしようかと躊躇った。

「あたし、誰にもいわないから……。そっと教えてくれてもいいじゃない」

由梨の知りたい気持ちは、お夕にも手に取るほどわかる。もし逆の立場だったら、自分はもっとしつこく穿鑿《せんさく》するだろうと思う。

「どうしようかな……」

しゃがみ込んだお夕を、由梨がじっと見てくる。お夕は間をおいて言葉をついだ。

「でも、やっぱりだめ。まだ話したこともないんだから」

「だったら余計教えてくれたっていいでしょう。何かまずいことでもあるの?」

「そうじゃないけど……」

「もうじれったいわね。教えてくれたって減るもんじゃないでしょうに……けちね」

「けち……。そんなことじゃなくて、いえないのよ。相手に迷惑がかかるかもしれないし」

「だからあたしは誰にもいわないって、いってるでしょう」

「だって、相手にはおかみさんがいるんだもの」

「え、それじゃ女房持ちってことじゃない」

由梨は大きな目をまるくする。

「道ならぬ恋ってわけ。するとお妾さんにでもなりたいってこと……。ひょっとすると、その人のおかみさんを押しのけて、お夕ちゃんが妻の座に……」

「だから難しいじゃない。滅多に人にいえることじゃないでしょう」

「ふうん、そうだったのか」

　由梨は急に興味をなくした顔になった。そうなるとお夕は教えたくなる。

「おとねさん、見つからなかったわね。いったいどこに行ったのかしら」

　由梨はてんでちがう話をはじめた。その日、二人は足を棒にして、おとね探しをしたが、まったく行方はつかめなかった。

　ひょっとすると家に帰っているのではないかと思って、日の暮れ前に甲兵衛を訪ねたが、

　――帰ってくる気配はまったくないんだよ。いったいどこをうろついているのやら……。

　と、甲兵衛は大きなため息をついた。

「その人はね……」

　話がそれたのでお夕は教えてやろうと思って、口を開きかけたが、由梨は遮るように言葉を重ねる。

「隠居爺さんの気持ちもわかるけど、おとねさんぼけているらしいから、遠くまで行って帰り道がわからなくなっているのかもしれないわね」

「早乙女さんみたいに背が高い人よ」

「え、なに？」

「だから、わたしが思っている人よ」

「へえ、それじゃ年はいくつぐらい」

「年か……さて、それは……」

お夕は相手の顔を脳裏に浮かべて、川面に視線を向けた。とたん、その目が大きく開かれた。ドキッと、心の臓が脈打つ。

「あれ、なに？」

お夕の目は幽霊橋の下の暗がりに向けられたままだ。

「若いの？　でもおかみさんがいるんだったら、もっと上か……」

「ねえ、由梨ちゃん。あれ、あれ、あれ見て」

お夕は由梨の袖を引いて、橋の下に注意の目を向けさせた。

二人して、そのまま体をかためた。

橋の下にぷかりと浮いている黒い塊があるのだ。長い藻《も》のようなものが尾を引いている。

「なにかしら……」

由梨がゴクリとつばを呑んで疑問を口にする。

「提灯……」

お夕は手許の提灯を持って、そっと掲げてみた。

すると、浮いているものがゆっくり裏返るように動いた。長い藻のようなものは女の髪だった。そして、乱れた髪の間にぽっかり開いた口と目が見えた。

「ゆ、幽霊……」

由梨が尻餅《しりもち》をつきそうになっていう。

「ち、ちがうわよ、死人よ」

「死人……。きゃあー！」

由梨は悲鳴をあげるなり駆けて逃げる。

「待って由梨ちゃん。待って！」

お夕は「待って、待って」といって追いかけた。

第二章　小浪

一

十内は女の悲鳴に足を止めて、まわりを見た。すると、幽霊橋のほうから駆けてくる女がいる。そして、その女のあとからもうひとりの女が、「待って、待って」と追いかけている。

十内は眉宇をひそめて、目を凝らした。

追いかけてきた女が、逃げるように走っていた女に追いつき、袖をつかんだ。

「幽霊じゃないわよ。死人よ」

「だ、だったらもっと怖いじゃない」

十内はやり取りをする声の主に気づいた。

「おまえたち、そんなところで何をしてる？」

声をかけると、お夕と由梨が「ひゃッ」と驚きの声を漏らして後ずさった。

「おれだ。何を騒いでるんだ。死人とか幽霊とか……」

「早乙女さん」

お夕だった。

「ああ、助かった」

由梨が胸をなでおろしながらいう。

「なにがあった？」

「幽霊橋の下に死体が浮いているのよ」

お夕が生つばを呑みながらいう。

「死体だと……」

「ほんとよ。それで由梨ちゃんがびっくりして……」

「あたしたち七夕の篠《ささ》を立てていたの。それでお夕ちゃんが気づいて、心の臓が止まるかと思ったわ」

「死体なら放っておけないな。たしかめに行こう」

十内が幽霊橋に足を向けると、お夕と由梨がおそるおそるついてきた。

橋をわたった先に、お夕が置き忘れた提灯が残されていた。そのあかりが地面を赤く染めている。

「どこだ……」

十内はそう聞いたが、すでに浮いている死体を見つけていた。地面に置いてある提灯を取りあげて、死体にかざしてみた。

死体は女だった。髪が乱れ、着物が脱げかかっている。提灯のあかりだけでは、若いのか年寄なのかわからなかった。

死体は堀川のなかほどに浮かんでいる。川幅は八間ほどある。十内は死体を引きよせるために竹竿がないかと、あたりを見まわしたが、そんなものはない。

「由梨、番屋（自身番）に走って人を呼んでこい」

「えッ、わたしが……」

由梨はよほど怖がっているのか蒼白《そうはく》になっている。

「番屋に幽霊などいない。すぐそこだ。行ってくるんだ」

「お夕ちゃんもいっしょに……」

お夕がうなずいて、由梨といっしょに近くの自身番に駆けていった。残った十内は浮いている死体を凝視した。女だ。

身投げだろうか、それとも殺しだろうかと考えるが、いずれにしろ死体をよく見ないとわからない。

ほどなくしてぱたぱたと草履《ぞうり》の音をさせて、由梨とお夕が亀井町《かめいちょう》の自身番の書役《かきやく》と店番二人を連れてやってきた。

どうやって引きあげるか短く相談し、近くに舫《もや》ってある舟を拝借して、死体を引きあげた。死体は老婆だった。

「ひょっとしてこの人、あたしたちが探していたおとねさんじゃ……」

十内が思ったことを、お夕が口にした。

「おとね……おまえさんたちの知っている人かい？」

禿ちゃびんの書役が、お夕と由梨の顔を見て聞く。

「いいえ、でもそうかもしれない」

「おい、おまえたちは甲兵衛を呼んでくるんだ。死体をあらためさせる」

十内が指図すると、お夕と由梨は顔を見合わせてから、甲兵衛の家に向かった。

二人が去ると、残ったものたちは死体を自身番まで運んだ。十内は外傷がないか死体をあらためた。擦《かす》り傷みたいなものはあったが、大きな傷はなかった。

「身投げですかね……」

若い店番が死体をのぞき込んでいう。

「どうかな。誰かに突き落とされたということもある」

「御番所に知らせなきゃなりませんね」

「うむ」

うなずいた十内の頭に真っ先に浮かんだのは、服部洋之助の顔だった。だが、洋之助の住まいは知らない。

「おれの知っている町方に知らせよう。ご苦労だが、小網町に松五郎という岡っ引きがいる。そいつにこの件を知らせてくれ。そうすりゃ服部洋之助という町方につながるはずだ」

「え、あの二人ですか……」

若い店番は知っているようだ。もっとも定町廻り同心は、毎日のように市中の自身番を訪ね歩いているので不思議ではない。

「何か不都合でもあるか……」

「いえ、そういうわけではありませんが」

「だったらひとっ走り頼む」

若い店番は気乗りしない顔で駆け去っていった。

十内は死体に筵《むしろ》をかけて自身番に入ると、とりあえず書役にこれまでのことを書き留めさせた。もし、死体が甲兵衛の古女房・おとねだったら、その経緯も必要なので、そのことも含めて話した。

ほどなくして、甲兵衛がお夕と由梨といっしょに自身番にあらわれた。早速、死体をたしかめさせると、甲兵衛は能面顔になった。

「……お、おとね。どうして……」

甲兵衛はつぶやきを漏らして、両手で顔をおおった。

二

「いやいや、ご苦労ご苦労」

ひび割れた声を発し、不愉快そうな顔をして服部洋之助が自身番にやってきたのは、とうに夜四つ（午後十時）を過ぎていた。松五郎はいつも不機嫌顔だが、目と鼻の頭を赤くしていた。酒を飲んでいたのだろう。

十内が話をすると、何かと角が立つので、すべての説明を書役に譲った。その話を聞いた洋之助は、今度はお夕と由梨に顔を向けて、

「おまえたちが死体を見つけたときのことを詳しく教えてくれ」

と、町方らしいことを訊ねる。

お夕と由梨の説明はごく簡単だった。

「そのとき、あやしい人影を近くで見なかったか？」

「そんな人は見ませんでした。あたしたちは七夕の篠竹を飾るのに夢中だったので、気づかなかったのかもしれませんけど……」

お夕が答えると、洋之助はもう興味をなくした顔になり、甲兵衛に体を向けた。

「女房がいなくなったのはいつだ？」

「へえ、三日ほど前です。わたしは毎日足を棒にして探していたんですが、さっぱり見つかりませんで……それに、こちらの早乙女様にも探してもらえるように相談

をしていたんですが、まさかこんなことになるとは……」

甲兵衛はぐすっと洟《はな》をすすって、指先で目頭を押さえる。

「身投げだと思うか？」

「さあ、それはどうでしょう。女房はぼけておりましたから、ひょっとすると足を滑らせて、川に落ちたのかもしれません」

「うむ。そういうこともあるかもしれねえな」

洋之助は十手で肩をたたきながら考える目を彷徨《さまよ》わせた。

「だが、殺されたのかもしれねえ。懐中のものは調べたか？」

「金目のものもなければ、財布もなかった」

十内が答えると、即座に松五郎が赤い目を向けてきた。

「おい、口の利き方に気をつけやがれ。何度いやあわかるんだ。このべらぼうが」

十内は無視するが、由梨が憤《いきどお》った。

「なによ、あんた。そんな乱暴なことといわなくたっていいでしょう」

「なにを……」

「こらこらおまえたち黙っておれ」

洋之助がたしなめたので、松五郎は引き下がったが、由梨は気丈な目を松五郎に向けたままだ。さっき死体を見て、顔面蒼白になっていたときとは大違いだ。

「ひょっとすると、物取りの仕業《しわざ》かもしれねえな」

「すると人殺しってこと……」

お夕だった。

「殺されなかったという証拠はどこにもない。殺されたという証拠もないが、まずは殺しを疑ってかかるのがおれたちの役目だ」

（ふむ、感心な）

と思う十内だが、ただの身投げだと洋之助の手柄にはならない。口書《くちがき》を提出して終わりだ。何かと手柄をほしがる男だから、どうしても殺人事件に仕立てたいのだろう。

「甲兵衛、女房は家を出るときに金目のものを持っていなかったか？」

「いえ、そんなもの……」

甲兵衛は途中で言葉を呑んで、忙しく視線を彷徨わせると、はたと何かに気づいた目になって、急いで付け足した。

「思いだしました。女房は財布を帯にたくし込んでいたはずです。いつもそうしていましたから、この前家を出るときもそうしていたはずです。それに、髷《まげ》には安物ではない簪《かんざし》を挿しておりました。意匠《いしょう》を凝らした鼈甲《べっこう》の簪です」

「その簪は高いのか？」

「安物ではありません。古道具屋でも一分か二分にはなるはずです」

「財布にはいかほどはいっていたかわかるか？」

「おそらく小粒（一分金）が十二、三枚と小金が入っていたはずです。四、五両は持っていたんじゃないかと思います」

それを聞いた洋之助は、きらりと目を輝かせた。

「おい早乙女ちゃん、おとねは何者かに突き落とされたのかもしれねえ。もちろん、自分で身投げしたのかもしれねえが、それを見たやつがいないともかぎらない。そうだな」

無言でうなずく十内に、洋之助は疑問をぶつける。

「おとねが川に落ちて死んでどれぐらいたっていると思う？」

「そうたってはいないはずだ」

「なぜそう思う？」

「服部さんにもそれぐらいわかるだろう」

洋之助のこめかみがヒクッと動いた。

「おれはおまえの考えを聞いてんだ。こういったことは、おれひとりの思い込みじゃまちがいがあるかもしれねえだろう」

洋之助は十手の先で、十内の胸のあたりをツンツンとつつく。

「日の暮れ前だったら、人の目についているだろう。おそらく日が暮れたあとと考えていいのではないか」

「……そうだろうな。よし、早乙女ちゃんにも手伝ってもらおう」

「それは勘弁願う。これは町方の仕事だ。それにおれは死体を見つけたのではない」

「だが、おまえは甲兵衛に女房探しを頼まれていた」

「頼まれていたが、服部さんの仕事の手伝いはできない」

「おい、でけえ口をたたくんじゃねえ」

松五郎だった。怒らせた肩を揺すってにらむ。すると、由梨がにらみ返す。お夕もそれに加わるから、松五郎は首筋を引っかいて目をそらした。

「できねえか」

洋之助がにらんでくる。

「手伝いたいのは山々だが、あいにくいまおれは忙しい身なんだ。だが、暇を見て聞き込みぐらいはやっていい」

そう応じた十内を、洋之助はしばらく凝視した。それから赤い唇を、ちろっと舌先で舐めて、まあいいだろうと、引き下がった。

「それじゃ、そこの可愛いお姉さん二人にちょいとだけ手伝ってもらうか」

「ええ、どうして……」

由梨が不平顔でいえば、

「あたしたちが、どうしてよ」

お夕も納得いかない顔をする。

「死体を見つけたのはおまえたちだ。ひょっとすると、おまえたちが婆さんを突き落としたのかもしれねえ」

「そんな馬鹿な」

由梨が頬をふくらませる。

「どうしてあたしたちがそんなことしなきゃいけないのよ！」

お夕が憤る。

「まあまあ、疑っているわけじゃねえが、手伝ってくれなきゃ疑われてもしかたないだろう。それともこれからじっくりおれの調べを受けるか」

「そんなのいやよ」

お夕が口を尖《とが》らせて、救いを求める目を十内に向ける。

「聞き込みぐらいしてやったらどうだ。もしも殺しなら、下手人《げしゅにん》探しに一役買ったということで、服部さんからたっぷり褒美をもらえばいい」

「早乙女さんまでそんなことを……」

あんまりだわと、由梨が口を添える。

「よし、話は決まりだ。明日、おまえさんたちは幽霊橋の近所で婆さんが川に落ちたか、突き落としたやつがいないか聞き込みをするんだ」

洋之助が片頬に嬉しそうな笑みを浮かべた。

三

「わたしのどこがいけないというんだ」

伊兵衛は支配人の長衛門《ちょうえもん》をにらむように見る。

いつ見ても茄子《なす》のような顔だと思う。それは小さいころから思っていることだったが、年を取るごとにしわ深い茄子顔になっている。

「店の金を勝手に持ち出されては困ると申しているんです。旦那様、わたしの目は節穴ではありませんよ。番頭からまわってきた帳簿を見ればわかるんです」

苦言を呈される伊兵衛は、ぬるくなった茶に口をつけて、帳場のほうに目を向けたが、障子が邪魔をして勘定掛《かかり》の番頭の姿は見えなかった。

「旦那様の命令で、この帳簿が誤魔化されたとしか考えられないのですよ」

長衛門が手許に置いているのは、現金帳と買帳《かいちょう》だった。伊兵衛はたしかにその帳簿を操作していた。番頭に命じてのことだ。

「二月前は蔵入帳《くらいりちょう》に誤魔化しがございました。先代のときにはこんなことはなかったのですが……いったい何にお遣いになられているんです」

「ガミガミいわれなくてもわかっているよ。わたしはちゃんと穴埋めをすると申していているではないか」

「穴埋めをすればいいというのではありません。帳簿の誤魔化しをすること、そのものがよくないと申しているのです」

伊兵衛は茄子を思わせる長衛門をにらむ。

(馘《くび》にしてやろう)

と、腹の内で思うが、非は自分にあるのはわかっている。長衛門のいうことはもっともなことだ。しかし、あまりにもうるさくいわれると、逆に腹が立つ。

店には本帳《ほんちょう》の他に、小本帳《こほんちょう》、見世帳《みせちょう》、現金帳、買帳、蔵入帳など種々にわたる帳面があった。細かく仕分けしてあるのは、わかりやすくするためだが、伊兵衛はかえってわかりづらいと考えていた。しかし、そのことで帳簿を誤魔化しやすいところがあり、うまくやったつもりなのだが、老獪《ろうかい》な長衛門には通用しなかったようだ。

「わかったよ。もう二度としない。穴埋めもするよ。しつこくいわないでくれ」

「お約束でございますよ」

「ああ」

「先代が苦労されてお作りになった身代です。二代目で潰れたなんてことになったら目もあてられませんからね」

「ええい、うるさい！　くどい！」

伊兵衛が短気を起こして怒鳴ると、長衛門は短いため息をついて帳場に戻っていった。

ひとりになった伊兵衛は、奥座敷から自分の用部屋に引き取り、庭を眺めた。うす紅色の芙蓉《ふよう》が咲いている。その花をじっと見つめていると、自ずと小浪の顔が瞼《まぶた》の裏に浮かんできた。小浪は花にたとえるなら芙蓉のような女だ。

(昨夜は短気を起こさず、待っていればよかった)

そう思う自分は、やはり小浪のことが忘れられないのだと思う。しかし、頻繁に会うことはできない。そうするためには妾にするしかないが、はたして小浪が首を縦に振ってくれるだろうかという不安がある。

昨夜、小浪に会えなかっただけなのに、仕事が手につかなかった。ぼんやりと用

部屋で過ごし、番頭が持ちかけてくる相談をうわのそらで聞いて、

「おまえさんがやりたいようにすればいいよ」

と、番頭まかせにした。

そうしても商売に支障のないことはよくわかっている。堺屋の主とはいうが、そのじつ、店を切り盛りしているのは三人の番頭と支配人の長衛門といっても語弊はなかった。

要するに自分は飾りなのだと思う。裸一貫から身を立てた父親と自分は、所詮ちがうのだという思いが強い。

たしかに父・惣右衛門は偉い。自分には真似ができない人物だ。しかし、父親の生き方を尊敬はするが、すべてではない。仕事以外は、家族を蔑《ないがし》ろにしてきた親ではないかという反発心も心の底でくすぶっている。

親子の情愛を感じたことがない。自分を育てたのは乳母だと思うし、母親が寝たきりになったのは、父親が苦労をかけさせすぎたからだ。

たしかに何不自由ない暮らしができ、苦労することなく育ってきたことはありがたいが、そこには他人に見えない自分なりの苦労があった。

（親父はわかっていない）

子供のころからの思いは、いまも伊兵衛の心の傷となって残っていた。

（仕事なんてつまらない！）

伊兵衛は心の内で叫んだ。自分は親の商売を継ぐために生まれてきたのではない。何もかも放り投げて、自由気儘に暮らしたいと思う。

畳に仰向《あおむ》けに寝転がった伊兵衛は、まっ青に晴れわたった空を見つめた。二羽の鴉《からす》がその空を横切っていった。

「小浪……」

我知らずつぶやいていた。すると、またもや瞼の裏に小浪の顔が浮かんでくる。魅力的な笑みを口許にたたえた小浪が自分を見てくる。

昨夜は待っているはずのわたしが、先に帰ったからがっかりしているのではないだろうか？　ひょっとすると、わたしが腹を立てていると思って沈んでいるかもしれない。

（もし、そうなら……）

伊兵衛はがばりと半身を起こした。

今夜こそ小浪に会おう。

そして今夜こそ、小浪に自分の思いの丈をぶつけてみようと決めた。そうなると居ても立ってもいられなくなった。

店を出るには早かったが、手文庫にある金を巾着に詰めると、羽織を着込んだ。

「大事な用があるので、出かけてくるよ」

帳場にいる番頭らにそう告げたが、誰も行き先や詳しいことは聞いてこなかった。

町屋の向こうに日は傾いているが、まだ表は明るかった。いまのうちに段取りをつけておけば何とかなるはずだと、伊兵衛は心をはずませながら足を速めた。

四

夕日の帯が走る神田堀に、蜩の声がひびいている。

とんぼの舞う河岸道を急ぎ足で行く職人が、道具箱を右の肩から左の肩へ移した。

「それじゃ誰もおとねを見たものはいないってことか……」

由梨の話を聞いた十内は、麦湯を少しだけ飲んで、座っている床几に置いた。二人は、待合橋そばの茶店にいるのだった。橋の向こうに夏草の生えた土手があり、その先に牢屋敷の屋根が見える。

「でも、お夕ちゃんが見たという人を探しあてているかも……」

ふむそうだな、とうなずく十内は、その日、堺屋伊兵衛に会おうと思っていたが、由梨とお夕にしつこくせがまれて、おとねの目撃者探しを朝からやっていた。

「誰か、きっと見ていると思うんだけどな。見た人がいないってことは、おとねさんがよっぽど人目を忍んで歩きまわっていたってことでしょう。でも、おとねさんにそんなことができたかしら……」

由梨の疑問はもっともである。頭がぼけているおとねが、人目を気にして歩いていたとは考えにくい。それにその必要もないはずなのだ。

「どこで川に落ちたんだろう……」

ぼんやりという由梨には何も答えず、十内は神田堀沿いの蔵地を眺めた。神田堀沿いには二間半の蔵地がある。

蔵の陰で何者かに襲われたのか……。

それとも人目につかない蔵の裏で足を滑らせて、川に落ちてしまったのか……。

「死ぬつもりがなくて川に落ちて溺《おぼ》れたんだったら、助けを求めてばしゃばしゃやったんじゃないかしら……」

由梨が独り言めいたことをいう。

十内は老婆が水に溺れる様子を頭のなかで想像する。

その日の朝、十内たちは、

——検死役が検分したところ、おとねは溺死ということだった。つまり、殺されて川に落とされたんじゃないそうだ。

という洋之助の説明を聞いていた。

おとねの肺に水がたまっていたことから溺死と判明したらしい。

「それにしてもお夕ちゃん遅いわね」

由梨が夕暮れの道に目を配れば、十内もあたりを見まわした。洋之助と松五郎は、その朝、姿を見せたきりだ。

おとねの死が、単なる事故死なら洋之助の手柄にはならない。単なる事務処理で一件終わりであるから、捜査意欲を失っているのかも……。

(あの二人、どこかで油を売っているのかもしれない)

十内がそう思ったとき、ねえ早乙女さん、と由梨が顔を向けてきた。

「なんだ?」

「もしね、あたしに好きな人ができたら、早乙女さんどう思う?」

「そりゃ結構なことだ」

そっけなく答えると、由梨の頬がぷくっとふくれた。

「それじゃお夕ちゃんだったらどう? その相手におかみさんや子供がいたりしたら……」

「なんだ、そんな相手がいるのか?」

「例えばの話よ」

「例えばか……だが、相手に女房子供がいればまずいだろう。妾になると割り切っていれば別だろうが、それでもその相手にそれだけの甲斐性がなけりゃならない」

「じゃあ、お夕ちゃんがそんな人に惚れても、早乙女さんは何とも思わない」

由梨は心の奥を探るような目つきをする。

「他人の恋路の邪魔をするのは野暮なことだ」

「それじゃいいんだ。ふーん」

由梨は悩ましげな顔に、わずかな寂寥の色を刷いた。そのとき、一方からお夕が早足でやってきた。

「どうだった。誰か見つかった？」

由梨が真っ先に聞いた。お夕は首を横に振って、

「はあー、疲れちゃったわ」

といって、どしんと十内の隣に座った。小女《こおんな》に冷たい麦湯をくれと注文する。

「おとねを見たものがいないというのは、おかしなことだな。たまたま見られなかったのか……。そんなこともあるかもしれぬが……」

「足を滑らせて川に落ちたけど、助けを求める声もあげられなかったんじゃ……」

十内に応じたお夕は、喉をごくごく鳴らして麦湯を飲んだ。それから、額と首筋の汗をぬぐい、十内と由梨に聞き込みの成果を訊ねた。

「おれも由梨も、おとねを見たというものには出会わなかった」

「誰もいないのか……。暗くなってから川に落ちたとしても、その前にどこかで見られていてもおかしくないのにね」

お夕は扇子を開いてあおぐ。それからはたと思いだした顔になって十内を見た。

「ねえ、早乙女さん。おとねさんがどうやって死んだか知らないけど、一両の褒美はどうなるの？」

「そのことか……」

「早乙女さんは、おとねさんを探せといったのよ。で、あたしと由梨ちゃんはそのおとねさんをちゃんと見つけたのよ。だから約束は約束じゃない」

「そう、そうよ。それにあたしたちは仕事を休んでいるんですからね」

由梨も言葉を添える。

「約束は約束だ。払うものはちゃんと払う。心配するな」

「いつ？」

と、お夕。着物の襟《えり》が乱れていて、胸の谷間がのぞいていた。夕暮れだが、その肌の白さが際立っている。

十内はお夕の胸から視線をそらして答えた。

「おとねがどうやって死んだか、はっきりしたら払ってやる」

「約束よ」

「なんだ、おれを疑っているのか？」

「そうじゃないけど、こういうことはちゃんとしておかなきゃまずいでしょう」

「でも、おとねさんを見た人を探すのは明日もやるの……」

由梨が十内とお夕を交互に見る。

「今日は見つからなかったが、明日は見つけられるかもしれない。そういうこともある」

「それじゃ明日もやるのね」

「おれは手伝えないが、あと二、三日やってくれ。もし殺されたのであればことだ。財布が盗まれているから、物取りの仕業かもしれぬからな」

「……そうね」

十内はつぶやきを漏らして納得するお夕を見て、立ちあがった。

「今日は引きあげだ」

五

そこは向島《むこうじま》にある三囲稲荷社《みめぐりいなりしゃ》のそばだった。

夕闇がゆっくり下りると、さっきまで西日に染まっていた障子は、あわい行灯《あんどん》の色に染め替えられた。

「たいした食べ物はないが、それでもおまえさんとこうやって、誰に気兼ねするとなくいっしょに過ごせるとは……」

伊兵衛はうきうきした顔つきで、小浪の前に座った。

ふっと、口許に笑みを浮かべて、よくよく小浪を眺める。

「やっぱりおまえさんは、いい女だ」

「何をおっしゃいますやら……さ……」

小浪が銚子を持って酌をしてくれる。

長くてしなやかな指が、伊兵衛の目にはまぶしい。

「わたしも……」

伊兵衛は酌を返す。二人して盃を掲げ、

「今夜はゆっくりと……」

伊兵衛は嬉しさを抑えきれずに盃に口をつけた。

そのまま小浪が酒を飲む様子を眺める。白いうなじに数本の乱れ髪がある。透けるような皮膚は化粧ののりがよく、酒に濡れた唇がまた色っぽかった。

「急なことなのでびっくりしましたわよ」

小浪が目を細めて伊兵衛を見る。ほんのりした桃色の頬、形のよい唇。そして、柳眉の下にある澄んだ瞳には、人を吸い寄せて魅了する艶がある。

「これも三重造《みえぞう》さんのはからいだ。あの人には頭があがらない。うまくやってくれた」

「ほんとにあの親分さんは粋なことをなさいます。でも、わたしも旦那にこうやって会えると、いい息抜きになりますわ」

「ほんとうかい」

伊兵衛は目を輝かせる。

「ええ。それにここはとても落ち着くところだし……さあ……」

小浪は気を利かせて、伊兵衛に酌をする。

会話ははずまなかったが、それでもぽつぽつと愚にもつかない世間話をした。

その日、小浪にわたりをつけたのは三重造という男だった。どんな話をして小浪をこの寮（別荘）に呼び寄せたのか知らなかったが、そつのないことをしてくれる三重造に感謝していた。

「わたしは店のことで気の抜けない毎日を送っているけれど、おまえさんに会ってから楽しみが増えてね」

「まあ、嬉しいことを……でも、旦那には他にもいい女《ひと》がいるんじゃありませんこと」

「滅相もない」

伊兵衛は鼻の前で手を振って否定する。

「だって旦那はわたしには勿体《もったい》ないほどの男前だし、大きなお店の主で、なに不自由しない方。黙っていても女のほうから寄ってくるんじゃありませんこと」

「そんなことはちっともないのだよ。なにしろ商売が忙しくて、盛り場で遊ぶなんてこともなかったしね。それより小浪のほうが心配だ。おまえさんのような器量よしの芸者は、気が気でない。引く手あまたの売れっ子だし……わたしは、昨夜はずっとやきもきしていたんだよ」

「ほんとうに……」

小浪がちょいと小首をかしげて見つめてくる。

伊兵衛は目の前の膳部を邪魔だと思った。高足膳には近くの店から取り寄せた仕出し料理がのせられていた。

「嘘なんかいうものか。正直なところ、昨夜はおまえさんを恨《うら》んだほどだ。わたしの約束を反故《ほご》にして、あとから来た客の座敷に行くんだからね」

「そのことは何度でもあやまります。でも、あのお殿様の名指しがあると、店のほうも断りを入れられないのですよ。わたしだって、そりゃあ気を遣うお殿様相手よりは、ずっと旦那のほうがいいのですから。このお殿様が早く帰ってくれないかしらと、思いながらのお席だったのですよ」

「嬉しいことをいってくれる。小浪……」

「はい」

「こっちに来て酌をしておくれ。今夜はわたしたち二人だけだ。誰に遠慮することもないのだよ。さあ、こっちへ……」

強く誘うと、小浪はゆっくり腰をあげて伊兵衛の隣にやってきた。かぐわしい白《おし》粉《ろい》の匂いと、懐に入っているらしい匂い袋の香りが伊兵衛を上気させる。

さらに、小浪の手が膝にのせられたので、伊兵衛は心の臓をどきりと脈打たせて、胸を騒がせた。

「旦那におかみさんがいなければ……」

「えっ」

伊兵衛は小浪に顔を向けた。鼻がくっつきそうな距離だった。

「なんていったんだい？」

「旦那におかみさんがいなければ、わたしはきっと押しかけていたかもしれないと、そんなことをふと思ったんです」

「嬉しいことをいう女だ。さあ、もう少し飲もうじゃないか。料理にもまだ手をつけていないし、勿体ない」

表で虫たちが遠慮するようにすだいていた。

小浪は芝居や寄席に行ったときなどの、とりとめのない話をした。伊兵衛はその話に合わせるように、相づちを打っては酒を口に運んだ。

今夜どうしてもいっておきたいことがあった。性急かもしれないが、自分の気持ちを整理するために、小浪の本心を聞いておきたかった。もし、断られたらそれ相応の付き合いをするだけだと、この寮に来る前に心に誓っていたのだ。

「今度は旦那の話を聞きたいですわ」

そういう小浪の目はいつしか酔った目に変わっていた。伊兵衛も酒の酔いにまかせて、少し大胆になり小浪の手をつかんで、その指を弄《もてあそ》んだりしていた。小浪はいやがりもせずに、伊兵衛にまかせている。

「わたしは仕事ばかりでねえ。おまえさんのように芝居を観に行ったり、寄席に行ったりすることがなくてねえ。つまらない男だね」

「いいえ、仕事のできない殿方はつまりませんわ。それに遊び慣れていない旦那のことをわたしは気に入っているんですよ」

小浪は頬にやわらかな笑みを浮かべて見つめてくる。伊兵衛はそのまま抱きしめたい衝動に駆られた。気持ちはずっと騒ぎっぱなしである。

「小浪、ひとつ聞きたいことがある。これをいい出していいものかどうかずっと迷っていたんだけど、今夜はおまえさんの気持ちを聞いておきたいのだよ」

「何でございましょう？」

伊兵衛はつかんでいた小浪の手を離して、居ずまいを正した。

「もし、おまえさんさえよければ、わたしの妾になってくれないか。店をやめてもらい、わたしだけの女になってもらいたいのだよ」

小浪は突然のことに、さすがに驚いたらしく、長い睫毛を動かして目をぱちくりさせた。

「そりゃあ、わたしはおまえさんと知り合って間もない。しかし、こういうことは長い短いの付き合いではないはずだ。初めておまえさんに会ったとき、ああわたしはこの女に会うために仕事をしてきたのだ、生まれてきたのだと思ったのだよ。もっと早く会えればよかったのだけれど……」

「…………」

「……いや、かい？」

小浪はゆっくりかぶりを振った。とたんに伊兵衛の胸の内に喜びが込みあがった。

「受けてくれるんだね。ほんとうだね」

「旦那が幸せにしてくださるんだったら、わたしは……」

伊兵衛が抱きすくめたので、小浪の声が途切れた。嬉しい、嬉しいと伊兵衛は声を漏らして、しっかり小浪の体を抱いた。重なり合った二人の影が唐紙に大きく映っていた。

それから二人で三合の酒を飲んだときには、すっかり伊兵衛は酩酊《めいてい》していた。小浪も店で仕事をしているときとちがい気が楽なのか酔っていた。

「旦那、わたし少し横になりますわ」

そういって立ちあがった小浪がふらっとよろけたので、伊兵衛は慌てて受け止めた。顔が間近にあった。

短く見つめあうと、伊兵衛は小浪の唇に自分のを重ねた。小浪が首に腕をまわしてくる。伊兵衛は小浪の腰に両手をまわして引きよせた。

「横に……」

小浪が唇を離してつぶやいたので、伊兵衛は介添えをして隣の間に行き、前もって敷いていた夜具に横たわらせた。

帯をほどき、着物を脱がせた。白い脛《すね》がまぶしい。

薄手の長襦袢《じゅばん》一枚になった小浪は、胸元を乱し、裾を乱していた。何とも悩ましげな姿で横になり、うつろな目を伊兵衛に向けてくる。

「先に休んでもかまわないよ」

伊兵衛はやさしくいうと、そのまま厠に向かった。もうこれからのことで頭がいっぱいだった。まさか、こんなあっさり小浪を自分のものにできるとは思いもよらぬことだった。ひょっとして狐《きつね》に化かされているのではないかと、酔った頭で考えて自分の頬をつねったほどだ。

用をすませ、手水鉢《ちょうずばち》で手を洗い表の闇に目を向けた。木々の向こうに幾千万の星たちがきらめいている。地面に落ちる月影が、薊《あざみ》の花を浮きあがらせていた。

胸の鼓動を高鳴らせて伊兵衛は、寝室に向かった。そっと襖《ふすま》を開け、すっかり寝入っている小浪を眺めた。

（美しい女だ）

妻に対する後ろめたさもすっかり忘れて、いまは小浪だけがすべてだった。

伊兵衛はそっと、小浪の隣に我が身を横たえた。有明行灯のあかりが、小浪の透けるように白い肌を染めている。

「小浪……」

ささやいてから小浪の肩に手をまわしたときだった。手にぬるりとした、妙に生ぬるいものに触れた。何だろうと思って、その手を見て、伊兵衛はギョッとなった。

六

「……血、血だ」

そう声に漏らすなり、伊兵衛は小浪の肩を揺すった。小浪は揺さぶられるまま体を動かし、ことりと箱枕から頭を落とした。その首のうしろから血が、さらさらと漏れていた。

「こ、小浪……小浪……」

肩を抱いて引きよせたが、小浪の首は力をなくしたようにがっくり垂れた。薄く開けられた目は、うつろに虚空を見ているだけで、息をしていなかった。

「な、なぜ、ど、どうして……」

伊兵衛は尻餅をついた恰好で、かかとで畳を蹴って後ろにさがった。酔いはすっかり醒めたが、頭が混乱していた。

なぜ、小浪が死んだのか意味がわからない。さっきまで楽しく酒を飲んでいたというのに、なぜこんなことになったのかわからない。

心の臓が早鐘《はやがね》のように脈打ち、恐ろしくなった。

小浪は死んでいるが、それは誰かの仕業だと思われた。

(誰が、いったい誰が……)

伊兵衛は畳を這《は》って隣の部屋にゆくと、忙しく家のなかに視線をめぐらして、表にも目を向けた。人の気配はない。

それでも誰かが、この家に忍び込んで小浪を殺したのだ。

いったいどうして、そうなったのか伊兵衛にはまったく説明がつけられなかった。どうすればよいかわからず、おろおろしているうちに、

(このままでは自分が人殺しになる)

と思い至った。

そんな馬鹿なことはない。自分は殺しなどしていない。しかし、小浪が死んでいるのはたしかだ。いや、何者かによって殺されたのだ。

番所に届けることはできない。届ければ、真っ先に自分が疑われる。もし下手人が見つからなければ、小浪殺しの咎《とが》を受けて……。

その先のことを考えると、ぞっと、全身に鳥肌が立った。

店のこともある。女房子供のこともある。そして、厳しい父親の顔が脳裏に浮かんだ。

目の前が真っ暗になる思いだ。

自分の人生が足許からがらがらと音を立てて崩れていくような錯覚に陥った。

どうにかしなければならないと思うが、どうすればよいのかわからなかった。小浪の死体をそのままにして寮を出たらどうなる？

伊兵衛は壁の一点を凝視した。一匹の蛾《が》が、その壁に張りついていた。行灯の芯《しん》が、ジジッと鳴った。表で虫が小さくすだいている。

静かだ。だが、伊兵衛の耳には激しく脈打つ自分の鼓動が聞こえていた。

ドキドキドキドキ……

（なんとかしなきゃ……）

そう思うが、いったい誰にこのことを知らせればよいか。誰に救いの手を求めればよいかわからなかった。

それでもひとりの男の顔が脳裏に浮かんだ。

（あの人しかいない）

そう思い至ると、足袋裸足《はだし》のまま表に駆けだした。野路《のじ》を走り土手を駆け上り、死体を隠さなければならないと考える。それを手伝ってくれるのはひとりしかない。

（あの人の手を借りるしかない）

金はいくらかかってもしかたないと思った。

息を切らして走っているうちに、舟を拾えばよかったと思った。まだこの時刻だから、竹屋《たけや》ノ渡しの船着場に行けば舟を仕立てられるはずだった。

しかし、後戻りするよりは走ったほうが早いと思いなおす。伊兵衛は息を切らしながら、着物の乱れも気にせずに駆けつづけた。

花川戸《はなかわど》の三重造の家に着いたときは、汗びっしょりだった。肩を動かして荒れた息を整えると、襟を正して戸口で声をかけた。

「親分さん、親分さん……」

すぐに若い衆の声が返ってきて、戸が開けられた。

「これは堺屋の旦那じゃございませんか。いったいどうしなすった」

又兵衛《またべえ》という男だった。

「お、親分に会いたいんです。おいでですか？」

「へえ、いますよ。旦那、いったいどうなすったんで、顔が真っ青ですぜ」

「とにかく親分に折り入って急ぎの相談があるんです」

「お入りなさい」

又兵衛は顎をしゃくって伊兵衛をいざなった。

三重造は居間で団扇をあおぎながら、のんびりと晩酌をやっていた。狼狽《うろた》えている伊兵衛を見ると、片頬ににやりとした笑みを浮かべ、

「いったいどうしなすった」

と、声をかけ、まあお座りなさいと勧める。

伊兵衛はぺたんと尻を落として三重造の前に座った。

三重造は六尺近い大男で、ぐりっと剝《む》かれたような大きな目をしている。酒に濡れたぶ厚い唇が、ぬめったように光っていた。

「た、大変なことになったんです」

伊兵衛は生つばを呑み込んで、人の耳を気にした。それと察した三重造が、

「何やらのっぴきならねえことがあったようだな。又兵衛、人払いだ」

と、大きな手をさっと振ると、又兵衛はすっとどこへともなく消えていった。

「お話しなさいな」

うながされた伊兵衛は、店の寮で小浪を待ち、いっしょに酒を飲んでからのことを話していった。

三重造は煙管を吹かしながら黙って聞いていたが、小浪が死んだと知ると、大きな目の上にある太い眉を動かした。

コンと、煙管を灰吹きにたたきつけ、真剣な表情になった。

「それで小浪は息をしていなかったと……」

「あ、あれは殺されたんです。首の後ろのあたりから血が出ておりました。誰かが忍び込んで、寝込んでしまった小浪の首を刺したか斬ったんです」

「いってえ誰がそんなことを……」

「そ、そんなことはわたしにはわかりません。ですが、このままではわたしが人殺しになってしまいます」

三重造は大きな目をすがめて、じっと伊兵衛を凝視した。

「まさか、堺屋の旦那、あんた、小浪と口喧嘩をして、ついカッとなって……」

「とんでもありません。口喧嘩なんかこれっぽちもしていません」

伊兵衛は慌てて三重造の勘繰りを否定した。

「それじゃ二人だけの寮に誰が入ってきたというんだい。あんたはそいつを見たのかい？」

「いいえ、誰も見ておりません」

「それじゃ、あんたが小浪を殺したと思われてもしかたがねえな。このままだと、あんたは人殺しだ」

伊兵衛は全身の皮膚が粟立《あわだ》つのを覚えた。

「ち、ちがう。わたしは何もしていないんです。小浪を手にかけるなんて、そんなことは思いもしないことです。親分さん、お願いです。助けてください。このままだとわたしは罪人になります。そればかりではありません。信用をなくして店が潰れてしまうかもしれません。わたしには女房子供もいます。子供は罪人の子になってしまいます。そ、そんなことは、そんなことはあってはなりません」

伊兵衛は涙声になって訴えた。

三重造は冷め切った顔をしている。

「このままでは、今夜わたしと小浪が会えるように段取りをつけた親分さんも疑われるんじゃありませんか」

「おれが……」

「へえ、だって親分さんが小浪の店にわたりをつけてくださったんです。当然、親分さんも調べを受けることになるのではありませんか」

三重造は肉づきのよい顔に、ふっと冷笑を浮かべた。

「堺屋の旦那よ。それはないぜ。わたりをつけたのはたしかにおれだが、店と話をつけたのはおれじゃねえ」

「へッ……」

伊兵衛はぽかんと口を開け、目をしばたたいた。

「店に話をつけたのはおれの手下だ。おれじゃ〝瀧もと〟のほうが尻込みするだろうし、警戒して首を縦には振らなかったはずだ」

「それじゃいったい誰が……」

「それはおまえさんの知るところじゃない。それに、今夜小浪をおまえさんに会わせるために借り受けたいとはいってねえ。小浪を一晩預かったのは別の人間になっている」

「ど、どういうことでしょう……」

伊兵衛は頭がこんがらがりそうになった。とにかく冷静に考えることができない。

「まあいい。小浪の死体はそのままかい」

「へえ」

「それじゃ死体を始末しなきゃならねえな。よし、堺屋の旦那、一肌脱いでやろうじゃねえか」

「お頼みいたします。親分のためなら何でもいたしますので、どうか、どうかわたしを助けてくださいまし」

伊兵衛は額を畳にこすりつけてお願いした。

「旦那、いまの言葉忘れるんじゃねえぜ」

「は、はい」

伊兵衛が米搗《こめつ》き飛蝗《ばった》のように頭を下げると、三重造は「又兵衛」と大きな声を奥にかけた。すぐに又兵衛がやってきた。

「一仕事しなきゃならねえ。人手がいりそうだから二、三人連れてこい」

「へえ、それじゃすぐに……」

又兵衛が去っていくと、三重造は伊兵衛に目を向けた。

「旦那、あんたはこのまま家に帰れ。何もなかったような面《つら》をしてゆっくり寝ることだ。あとの始末はきちんとおれがつけてやる」

「あ、はい。お願いいたします」

胸の動悸は収まっていなかったが、それでも伊兵衛は九死に一生を得た思いだった。

第三章　似面絵

一

「主《あるじ》はいるか？」

十内は堺屋の敷居をまたいで、帳場に座っている番頭に声をかけた。

「はい、おりますが、どちらの方でございましょう？」

番頭は柔和な笑みを浮かべている。

「早乙女十内と申す。伊兵衛殿とはちょっとした顔見知りでな。呼んでくれないか」

「承知いたしました。しばしお待ちください」

番頭が奥に消えていくと、十内は店のなかを見まわした。同じ帳場にはもうひとり、番頭らしい年寄がいて、帳面を見ながら算盤《そろばん》をはじいていた。

土間にも帳場横の部屋にも紙が積んである。それもいろんな種類があるようだ。

それぞれに、札がついている。

奉書紙《ほうしよがみ》・美濃紙《みのがみ》・杉原紙《すぎはらがみ》・板紙《はんがみ》などなど。産地別にもわかれていて、佐束紙《さづかがみ》（遠江《とおとうみ》）・大帳紙《おおばりがみ》（紀伊）・泉貨紙《せんかがみ》（伊予）などがある。こちらは帳簿用に使われる紙だった。

それらとは別に襖紙や障子紙、合羽《かっぱ》や元結《もとゆい》、あるいは蚊帳《かや》に使う紙帳《しちよう》や、夜具に利用する紙衾《かみぶすま》などもあった。

さすが大店だけはあると感心する。表間口は目立つほど広くはないが、店に入ると奥行きのあることがわかる。

座敷の隅で商談中の手代と客がいれば、表につけられた大八車から紙束を運び入れている丁稚がいる。座敷の奥で紙の整理をして、帳面をつけている奉公人もいた。

暖簾をあげてさほどたっていないので、客は多くないが、奉公人たちはそれぞれに忙しく立ちはたらいている。

十内は上がり框に腰をおろして、表に目を向けた。乾いた道が白い光につつまれている。十内はその日、深紅の帯を外し、地味な献上帯にしていた。

なにしろ堺屋の主である伊兵衛の教育をしなければならないのだ。あまり派手ななりは慎んだほうがよいだろうと考えたのだ。

それに昨夜からどのように、伊兵衛の躾をすればよいか、あれこれ頭をひねっていたが、これだという名案は浮かばず、まずは伊兵衛の人柄を知ることからはじめようと思ったのだった。

「早乙女様、申しわけございません。主・伊兵衛はただいま取り込み中で、手が離せないのであらためてお越し願えないかということでございます」

さっきの番頭が戻ってきて告げた。

「さようか。では、いつが都合がよいだろう。伊兵衛殿に合わせるから聞いてきてくれないか」

「は、はッ。それじゃいましばらくお待ちを……」

そういって奥に下がった番頭は、今度はすぐに戻ってきた。

「お急ぎでしょうか？」

「急ぎというほどではないが……」

「手短にお願いできれば、お会いしてもよいとのことですが……」

「うむ、では手短にすませよう」

ここは会うことが肝要なので、そう答えた。

伊兵衛は用部屋にいて、文机の前に浮かぬ顔で座っていた。十内が入っていくと、

「あなたさまでしたか……。どちらの方だろうかと思っていたんです」

伊兵衛はわずかに驚いたようにいった。

「近くを通りかかったので、挨拶だけでもしておこうと思ったのだ」

「さようでございますか。それで今日は……」

伊兵衛には落ち着きがなかった。それに、十内を見る目に警戒心があった。

「なに、茶飲み話でもできないかと思ったのだ。仕事中に邪魔ではあろうが、顔だけでも見ておきたいと思ってな。それにしても立派な店だ。あらためて感心した」

「先代が一代で築き上げた店です。わたしは何もしておりませんが、この店を守るのが務めだと思っています」

「感心なことだ。商売はうまくいっているようだな。奉公人たちも真面目なものばかりのように見受けられる」

「お陰様で、みんなよくやってくれますので助かっております」

伊兵衛はそつのないことをいうが、十内を訝しそうに眺める。いったい何の用があって来たのだろうと思っているようだ。

十内は丁稚が持ってきた茶に口をつけると、人を安心させる笑みを忘れずに、伊兵衛を正面から見た。

「先日の夜会ったのは何かの縁だと思う。これを機にたまには遊びに来てよいかな」

「それは、まあ、かまいませんが……」

伊兵衛は気乗りしない顔で応じる。

「こう見えてもおれも何かの役に立つかもしれぬ。困ったことがあったら遠慮なくいってくれ」

伊兵衛の目が見開かれた。それから何かをいいかけようとしたが、口を閉じた。

「長居をしては邪魔だろう。では、また」

十内が腰をあげて部屋を出ていこうとすると、伊兵衛が慌てたように呼び止めた。

「あの、早乙女様はどんなお仕事をなさっていらっしゃるんで……」

「おれか。たいしたことはしておらぬが、橋本町でよろず相談所をやっている」

「よろず相談所……」

「人探しをやることもあれば、在からやってきたものたちの江戸見物の案内もする。まあ、いろんな困りごとの相談を受けているといったほうが早かろう。ときに町方の助っ人を請け負うこともある」

「………」

「いっておくが、決してやましいことはしておらぬ。では……」

表道に出た十内は、今日のところはこれぐらいでいいだろうと思った。少しずつ近づけばいいのだ。しかし、今日のうちに、もう一度伊兵衛に会う腹づもりだった。伊兵衛は仕事が終われば、決まって外出をするという。尾けていって、偶然をよそおって声をかけるつもりだ。

二

伊兵衛の躾直しは、早急にはできない。ここはじっくり腰を据えてやるべきだろうと、堺屋をあとにする十内は、胸の内で自分にいい聞かせる。

とにかく百両で請け負った仕事である。へたに接近してしくじったら元も子もない。急《せ》くことなく、慎重にやるべきだと考えていた。

町を流し歩く十内は、野菜や魚の干物を仕入れて自宅に戻った。長屋ではなく小さな一軒家だ。一時に比べると日射しはやわらかくなっていて、風も幾分涼しい。

買ってきたものを台所に置くと、冷ましていた麦湯を持って居間にあがった。縁側から吹き込んでくる風が気持ちよかった。風鈴の音が涼気を誘ってもくれる。

「早乙女さん、いる？」

玄関で声がしたと思ったら、土間にお夕が入ってきた。遅れて由梨も。

「なんだ、おとねのことを調べているんじゃなかったのか？」

「ちゃんとやってるわよ。でもね、おかしなことに気づいたの」

「なにが……」

お夕は草履を脱いで上がり込んでくる。

「ひょっとしたらおとねさんは殺されたのかもしれないわ」

あとからやってきた由梨もそんなことをいって、十内の前にちょこんと座る。

「殺されたとは尋常ではないな。すると、何か見つけたのか？」

「見つけたんじゃなくて、おとねさんの亭主の甲兵衛さんよ」

「甲兵衛……」

「そう。おとねさんを見た人がいないか探しまわっているうちに、ふと思ったことがあったの」

お夕はそういって、甲兵衛が下手人ではないかという。

「なぜ、そう思うかというとね。おとねさんは体は元気だけど、頭がぼけてまともじゃなかった。食事を満足に作ることができなければ、用を足すのも甲兵衛さんがいないとできなかったらしいの」

「それで……」

「そんな女房を持った亭主はどんな気持ちになるかしら」

お夕はまばたきもせずに十内を見る。

「ちゃんとしているときはよかったけど、世話の焼ける女房に愛想を尽かしはしないかしら。甲兵衛さんは食うに困らない暮らしをしているけど、女房の世話で大変だった」

「気苦労は甲兵衛さんになってみないとわからないけど、女房が邪魔になった」

　由梨が口を添える。

「じゃあ、甲兵衛が女房を殺したというのか？　長年連れ添った女房だぞ。いくら世話が焼けるからといっても、殺したりはしないだろう。それに、甲兵衛は必死の思いで、おれにおとねを探してくれと頼みに来たんだ」

「そこよ。そこがあやしいのよ」

　お夕は、いかにも女房思いの亭主だと思わせるために、十内に相談に来たというのだ。

「そんなことがあるかな……」

　十内は鼻の脇をかきながら、視線を彷徨わせ、

（ひょっとしたら、あり得るかもしれない）

　と、内心で思った。

「だけどな、もしそうだったとしても甲兵衛にあやしいところがなけりゃならない」

「あるわ」

きっぱりというのは由梨だ。大きな目をきらきら輝かせている。

「どんなことだ。聞こう」

「まず、おとねさんが死体で見つかったときのことよ。あたしたちが見つけたんだけど、町方のいけ好かない服部って旦那がやってきたでしょう。あのときのこと覚えている」

「そりゃあついこの前のことだ。忘れているわけがない」

「服部さんは、甲兵衛さんにおとねさんが金目のものを持っていなかったかと聞いたわ。すると、甲兵衛さんはおとねさんが財布を帯にたくし込んでいた。髷には安物でない簪を挿していたといったわね」

「そんなことをいったな」

「それから服部さんが、財布にはいくら入っていたかと聞いた。甲兵衛さんは小粒が十二、三枚と小金が入っていたと答えた」

「多分四、五両は持っていたといったわ」

　由梨である。十内はよく細かいところまで覚えているものだと感心する。

「ほんとうに甲兵衛さんはそこまで知っていたのかしら……」

由梨は真剣な表情で十内を見つめる。

「いくら自分の女房だからといっても、財布の中身まで細かく知っているかしら」

「そういわれればそうだな」

「あやしくない？」

「ふむ……」

十内も由梨とお夕の推理に、そうかもしれないと思いはじめた。

「しかし、甲兵衛がおとねを殺したということなら、殺された時刻に甲兵衛は家にいなかったはずだ。それは調べているのか？」

お夕と由梨は同時に首を横に振った。

「それはこれから調べるのよ」

お夕が気負い立った顔で身を乗りだす。

「もし、あの日の夕方、甲兵衛さんが家にいなかったらあやしいわ」

自分の推理に自信のある目をしている由梨は、言葉を足した。

「それでも甲兵衛さんはうまくやっているかもしれないから、おとねさんではなく、甲兵衛さんがあの日、神田堀の近くで誰かに見られているなら、とってもあやしい

「それはそうだわ」

「だからね、あたし、祐斎先生に頼んで甲兵衛さんの似面絵を描いてもらおうかと思うの。それを持って訊ね歩けば、ひょっとしたら真実が浮かんでくるかもしれないわ」

「なかなか気の利いたことをいうな。なるほど、おまえたちの推量には一理ある。馬鹿にして聞き逃すことじゃないな。よし、それじゃひとつ調べてみよう」

「そうこなくっちゃ」

由梨がはずんだ声をあげた。

「その前に早乙女さん、何か食べるものない。これから調べるとなると、食べる暇がないわ。腹が減ってはなんとかっていうじゃない」

お夕が媚《こ》びた目を向けてきた。

「わかった。それじゃうどんを作ってやろう」

「うどん……」

不服そうな顔で由梨がお夕を見る。

「それで小腹は満たせるはずだ」

二人にはかまわず、十内は台所に立ち、湯をわかした。

その間に作り置きのつゆを味見して、少々塩を足し、味醂《みりん》と醬油《しょうゆ》をたらす。さらにつゆが沸騰したら酒を少し加える。すべては十内のカンである。

「ねえねえ、このつゆはなんで作ったの？」

由梨がのぞき込んでいう。

「出汁《だし》は昆布と煮干しだ。適当に口に合うように作っただけだが、結構いけるから待っていな」

「ほんと、いい匂い」

お夕が湯気に顔をよせてうっとりした顔でいう。

湯がわいたので、十内は三人分のうどんを入れて茹《ゆ》でる。ときどき、麺の硬さ加減をたしかめて、手ごろだと思われるころに、さっと笊《ざる》で掬《すく》いあげて水で洗う。

そのときすでに、丼には作り置きのつゆが入っている。それに、水で洗ったうどんの水気をよく切って、丼に入れる。刻《きざ》み葱《ねぎ》をぱらぱらっと振り、天かすをかけた。

「さあ、出来上がりだ」

十内はそれぞれに丼をわたして、自分も湯気の立つ丼を前にした。

「表はまだ暑いけど、暑い日には熱いものがいいのだと、祐斎先生がいっていたわ」

お夕がつゆをすする。

「あら、おいしい。つゆが透きとおっているから味が薄いと思っていたら、そうでもないのね」

由梨が感心する。

「食ったら甲兵衛のことを調べるぞ」

十内は箸で掬ったうどんをずるずるとすすった。由梨もお夕も、ずるずると音を立ててうどんをすする。「はふはふ」いいながらも、おいしいと満足げだ。

ふーっ、ふーっ……ずるずる……ずるずる……

はふ、はふ……ずるずる……つるっ……

「麺の硬さも歯応えがあっていいわ。早乙女さん、おいしいよ」

鼻の頭に汗を浮かべている由梨が、嬉しそうに微笑《ほほえ》んだ。

三

「まちがいがなければ、これでよいだろう」

伊兵衛は平七《へいしち》という番頭の持ってきた帳簿を閉じて押し返した。

「ではこれで帳締めをしておきましょう。松坂への注文書は今日のうちに送っておきましょう」

「ああ、そうしてくれ……」

伊兵衛はどこかうわのそらで答えて文机に向かうが、それは早く番頭に消えてほしかったからだ。ところが番頭の平七は、じっと伊兵衛を窺《うかが》うように見てくる。

「なんだ、まだ何かあるのか……」

伊兵衛が顔をあげると、平七は豆粒のような目で見てくる。

「どこか具合でも悪いんでございましょうか。顔色があまりよくありませんが……」

「腹の調子が悪いだけだ。さあ、もう行っておくれ」

「お薬は飲まれましたか？　あまり無理はいけませんよ」

「わかっている。たいしたことはないんだ」

声を尖らせる伊兵衛に、平七は心配そうな顔をして用部屋を出ていった。

ひとりになった伊兵衛は、細く長いため息をついた。

昨夜は頭が冴えて眠れなかった。それなのにいまも睡魔はやってこないばかりか、昨夜のことが頭から離れない。ひょっとして悪い夢だったのではないかと思いたくなるが、絶対にそうではない。

自分は小浪の死体を見たのだ。三重造はきちんと始末をするといってくれたが、ほんとうに大丈夫だろうかと思う。あのあと、三重造がどんなことをしたのか聞きに行きたくもなる。

それにしても、なぜ小浪は殺されなければならなかったのか……。

伊兵衛は家のなかを飛びまわっている一匹の蝿を目で追った。

（下手人は小浪を尾行して忍び込んでいたのか？）

昨夜は心の片隅で自分が殺されなくてよかったと思ったが、そのときはたと気づいた。下手人の目的はなんだったのだろうかということだ。

経緯を考えれば、下手人は端《はな》から小浪だけを殺せばよかったのだ。もし、金めあてだったら自分にも手をかけていたはずだ。

しかし、実際はちがった。目に見えぬ凶賊《きょうぞく》はいつの間にか寮に忍び入り、息を殺して小浪を殺す機会を窺っていたのだ。

(それにしてもわたしはどうなるのだろうか?)

気になるのはそのことだった。殺された小浪は可哀想だけれど、自分が人殺しになるのではないかという、不安と恐怖のほうが大きかった。

三重造がどんな始末をつけたかわからないが、もし小浪の死体が誰かによって発見されれば、当然自分に司直の手がのびてくる。どんなに無実を主張しても、疑惑を晴らすことはできない。

(わたしは人殺しなどやっていない!)

心の内で叫ぶ伊兵衛は、凍りつかせた顔を庭に向けた。

(そうだ、疑惑をかけられる前に、真の下手人が見つかれば……)

何か手立てがないだろうかと、視線を彷徨わせる。

三重造は小浪の死体をうまく始末しただろうか? もし、誰にも見つからないように始末しても、小浪が勤めていた〝瀧もと〟の連中は不審に思うはずだ。

芸者仲間も、贔屓の客も、そして小浪の身内も、「なぜ小浪は消えたのだろうか？」と思うはずだ。

店は町奉行所に小浪失踪を訴えるかもしれない。そうなると、小浪を贔屓にしていた自分への調べもあるはずだ。

そのとき、自分は何といえばいい……。

真実をいうことはできない。かといって、どのようにいい繕《つくろ》えばいいのだろうか？

伊兵衛は新たな不安に襲われてじっとしておれなくなった。尿意を催して厠に向かうと、途中で声をかけられた。

「おまえさん」

予期もしない呼びかけだったので、伊兵衛は心底驚いて振り返った。女房のお竹がそばに立っていた。縁側の照り返しを受けたその顔には、深いしわが目立った。

（ずいぶん老けた女になった）

と、思わずにはいられなかったが、伊兵衛の顔は表情をなくしていた。

「いったいどうされたんです？　何だか朝から様子がおかしいと思っていたら、お腹《なか》の具合が悪いんですって……。番頭さんから聞きましたよ。どうりで朝餉《あさげ》がすすまないと思っていたんです」

「なんだ、そんなことか……」

「そんなことかじゃありませんよ。薬でも飲んだらどうです。体を悪くして寝込まれでもしたら、みんなに迷惑でしょう」

「もう治ったからいい」

「でも、顔色が悪いじゃありませんか」

お竹は心配そうな目を向けてくる。

「腹を下したあとだからそう見えるだけだ。気にすることじゃない」

伊兵衛は逃げるように厠に飛び込んだ。

用を足して、手水鉢で手を洗っているうちに、やはり三重造がどんな始末をつけたのか聞きに行こうと思い立った。こうなるとじっとしておれない伊兵衛である。

さっさと外出用の着物に着替えて、店の裏から出た。台所そばの廊下で手代に会ったが、すぐに帰るといっておいた。

さっきまで天気がよかったはずなのに、いつの間にか曇っていた。西の空には黒々とした不気味な雲さえ浮かんでいる。

雨に祟《たた》られてはかなわないと思う伊兵衛は足を早めた。不安と恐怖を胸の内に秘めたまま歩くうちに、今朝訪ねてきた早乙女十内という浪人のことを思いだした。

得体の知れない浪人で、なぜ自分につきまとうように接してくるのかわからなかった。しかし、今朝別れ際にいった早乙女十内の一言が脳裏に甦《よみがえ》った。

早乙女は「よろず相談所」をやっており、

「いろんな困りごとの相談を受けているといったほうが早かろう。ときに町方の助っ人を請け負うこともある」

といった。

すると、小浪殺しの下手人探しもやってくれるかもしれない。もし、下手人がわかれば、自分の身は安泰だ。しかし、その前に三重造の話を聞いておきたい。

(早乙女さんに相談するか、しないかはあとだ。あとでいい……)

胸の内でつぶやく伊兵衛はさらに足を早めた。

四

浅草黒船町《あさくさくろふねちょう》にある正覚寺で女房の野辺送りを終えた甲兵衛は、親族と別れたあとで、ひとりで家路についたが、待ちかまえていた十内に声をかけられて足を止めた。

「あらためて悔やみを申すが、まことに残念であった」

「こうなってしまったのも、何かの因縁でございましょう」

甲兵衛は暗い顔でいう。

黒い喪服は暑いのか、顔中に汗の粒を浮かせていた。

「それでちょいと話をしたいのだが、よいか？」

甲兵衛は先に帰っていく親族の後ろ姿を見送ってから、

「もうご相談の件はすんでいるはずですが……」

という。

「いやいや、あれはすんだが町方の調べはすんでおらぬ。たんなる事故だったのか、それとも何者かに襲われたのかはっきりしていないのだからな」

「こういったことははっきりさせておいたほうがいいと思います」

由梨が口を添える。

「手短に聞きたいことを聞くだけだ」

十内がそういうと、甲兵衛は一度由梨を見てから素直に折れた。

甲兵衛を近くの茶店にいざなった十内は、奥で控えているお夕と祐斎に軽く目配せをしてから、床几に腰をおろした。

祐斎に顔がはっきり見えるように、甲兵衛を座らせる。

「件《くだん》の日のことだが、昼過ぎからでいいからあんたのことを教えてくれないか」

十内は茶を口に運んで聞く。

「なぜ、そんなことを？」

「念のためです。町方の服部という同心が聞いてこいといっているの」

由梨が間髪を容れずに応じる。甲兵衛は眉間にしわを彫り、少し困った顔をした。

「何か都合の悪いことでもあるのか？」

「いいえ、そんなことは何もありません」

甲兵衛は首を振って、十内を見た。

「それじゃ聞かせてくれるか」

甲兵衛は一度、喉の渇きを癒すように茶を飲んでから口を開いた。

「あの日は、ずっと家におりましたが、日の暮れ前に近所を見てまわりました。もちろん女房を探すためです。結局見つからなかったので、豆腐屋で買い物をして帰りました」

「どこの豆腐屋だ？」

「縁橋のそばにある山田屋さんです」

その店だったら十内も知っている。

「それは何刻ごろだった？」

「……夕闇が迫っていたので暮れ六つ（午後六時）は過ぎていたはずです」

「それで家に帰ってからは、表には出ていないのだな」

「はい、あとはずっと家におりました。早乙女さんや由梨さんとお夕さんが、いい知らせを持って来やしないかと思って待っていたんでございます」

「おまえさんが家にいたことを知っているものが、誰かいるか？」

「さあ、それは……」

甲兵衛は頭の後ろをぽりぽりかいて考える目をしたあとで、

「誰もいないと思いますが、家のあかりは女房が死んでいたという知らせが入るまでつけておりましたので、近所の人は知っているはずです」

十内はちらりとお夕と祐斎のほうを見た。祐斎は絵筆を走らせている。

「それじゃ、ちゃんと知っているものはいないんだな」

「そういわれれば元も子もありませんが、ひょっとしてわたしに疑いでもかけておいでなのですか……」

甲兵衛は猜疑《さいぎ》心の勝った目を十内に向ける。

「そうではない。町方がうるさいことをいうから、先に聞いておきたいんだ。おれたちがちゃんと話せば、町方もしつこく聞き込みにも来ないだろうからな」

「とにかくわたしは、夕方出かけはしましたが、ずっと家にいたというしかありません」

「ひとついいかしら。甲兵衛さんは、おとねさんの財布の中身を知っていましたね。なぜ、知っていたんです？」

由梨が甲兵衛の目を凝視して訊ねる。

「なぜって、女房の財布ですからね。いくら入っていたかぐらいは知っておりました」

「おとねさんはいつも財布を持って、家を出ていたんですか？」

「いつもってわけじゃないけど……」

「それはどんな財布でした？」

これに甲兵衛は少し考えて、

「どうということのない三つ折りの財布です。あれが昔瀧縞《たきじま》の古着を使って作ったものでして、細い革紐《かわひも》をつけておりました」

といった。

「もし、下手人が金めあてでおとねさんを川に落としたのだったら、その財布を持っているのが下手人ですね」

「そういうことになりましょう」

「殺されたのでなければ、その財布は神田堀にあるかもしれませんね」

甲兵衛はヒクッと片眉を吊りあげて、由梨を見つめた。

「……そうですね。もし、神田堀に落ちていたら、やはりおとねは足を滑らせて溺れたってことになりますね」

「おそらくそういうことだろう」

　十内がそう答えたとき、奥の席にいるお夕が、もう似面絵は描き終わったと目配せをしてきた。十内はそれとなく応じて、

「忙しいところ、足止めをして悪かった。また何かわかったら伝えることにする」

といって、甲兵衛を帰した。

「うまく描けましたか？」

　十内は甲兵衛を見送ったあとで、祐斎に声をかけた。

「朝飯前だ。これでいいかね」

　祐斎が描きあげた絵を見せてくれた。

　頭の禿げ具合、大きな耳、団子鼻の脇の深いしわなど、うまく特徴をとらえてあり、そっくりだった。

「さすが絵師だけあって感心だ」

「感心なんかどうでもいい。それよりも画料をもらおう」

　祐斎はさっと手を差しだす。

「まさかただばたらきをさせるつもりだったんじゃなかろうな」

「おいくらです？」

「五両……といってやりたいが、大負けの一朱で勘弁してやる」

それでも高いと思う十内だが、しぶしぶ払ってやった。

とたんに、祐斎はにんまりと赤ら顔に笑みを浮かべた。

「それじゃありがたく頂戴だ。お夕、明後日はうちに来てくれるか。仕事をしてもらいたいからね」

「もう先生、何度もいわないで、ちゃんとわかっていますから」

「おまえさんが来ない日は淋しいんだよ」

ヒッヒッヒと、祐斎はすけべ笑いを残して帰っていった。

「さあ、これでおまえたちの推量があたっていれば、とんでもないことだが、とにかくこれを持って聞き込みをしてこい」

十内は似面絵をお夕にわたして、いいつけた。

「あれ、早乙女さんは付き合ってくれないの……」

由梨が怪訝《けげん》な顔をする。

「おれには他にやることがある」

それだけをいうと、十内は二人にくるっと背を向けた。

五

「まあ、おまえさんは余計なことは考えなくていい。ここはおれにまかせておけばいいだけのことだ」

三重造は灰を落とした煙管で、もじゃもじゃとした毛の生えている脛を引っかく。

小浪の死体をどうしたのかと伊兵衛が何度聞いても、三重造は同じことしか繰り返さなかった。

「堺屋の旦那よ、死んだ女がどうなろうが、もうおまえさんには関わりのないことだろう。相手はもう口の利けない仏だ。それに、おまえさんが小浪を殺していないんなら、何も心配することはないだろう」

「はあ、それはそうでしょうが……もし、小浪の死体が見つかりでもしたら……」

カンと、鋭い音がした。

伊兵衛はびくっと肩を動かした。三重造は煙草盆にたたきつけた煙管で、自分の片頬をぴたぴたやっている。

「くどいんだよ。それともおれのことが信用ならねえっていうのかい」

眼光鋭く三重造ににらまれると、伊兵衛は体だけでなく心まで竦《すく》んでしまう。

「ええ、伊兵衛さんよ。あんたはおれの賭場でよく遊んでくれた大事な客だ。負け金も気前よく払ってくれた。それも二十両三十両というけちな金じゃねえ。まあ、おまえさんにもたっぷり儲けさせたことはあるが、おれは感謝してんだ。だから、おまえさんの苦しい相談も軽く引き受けてやった。いってみりゃあ、殺しの片棒を担いでいるようなもんだ。ええ、そうじゃねえか。こちとら危ない橋をわたるようなことをしたんだぜ」

「あ、はい……」

いわれてみれば、なるほどそういうことになる。

「万にひとつでも小浪の死体が見つけられたら、この首だって危ねえんだ。ここにいるやつらだって同じだ」

三重造はそばにいる子分を眺めた。伊兵衛も釣られるようにして見た。

又兵衛と源七郎《げんしちろう》という子分だった。

それとは別に、隣の間には小津弥一郎《おづやいちろう》という用心棒がいた。柱に背中を預け、片膝を立てて庭を眺めている。口に爪楊枝《つまようじ》をくわえ、伊兵衛と三重造のやり取りを聞くともなしに聞いているといった風情で、団扇をあおぎつづけていた。

「ところで、おれも相談があるんだ」

三重造は身を乗りだして、伊兵衛をのぞき込むように見た。

「相談とは……どんなことでしょう……」

なんとなくいやな胸騒ぎを覚えた伊兵衛は、声をふるわせた。この期《ご》に及んで後悔などしたくなかったが、内心でしくじったと思った。

小浪のことを相談する相手をまちがったと気づいたのだ。しかし、あのときは他にいい知恵が浮かばなかった。

「簡単なことだ」

三重造のぶ厚い唇から言葉が漏れる。その唇が、伊兵衛には赤くぬめった芋虫のように見えた。

「金を用意してもらおうか」

「ヘッ」

伊兵衛は直感していたが、目をまるくした。

「おいおい、まさかただで小浪の始末をさせたわけじゃねえだろう。こちとらおまえさんのためを思って、危ない橋をわたっているんだ。まさか虫のいい考えをしてたとはいわせねえぜ」

「いえ、それはもう。……それで、いかほどでございましょうか？」

伊兵衛は喉の渇きを覚え、生つばを呑み込んだ。

「いざとなりゃ、江戸から逃げなきゃならねえかもしれねえ。そのことを考えて、さしずめ五百両ばかり都合してもらおうか」

「ご、五百両……」

「おまえさんの店は江戸でも指折りの大きな紙問屋だ。五百両ぐらいどうにでもなるだろう。それにおまえさんはその店のご主人様じゃねえか」

「し、しかし、五百両は……」

「おい」

いきなり伊兵衛は襟をつかまれて、三重造に引きよせられた。

鬼のような目がすぐそばにある。鼻から吐かれる息が、伊兵衛の頬にあたった。

「このことが表沙汰になったときのことを考えるんだ。もし、そんなことになったら、おまえさんは生きてはいられないんだぜ。店だってつづけられるかどうかわからねえ」

「…………」

「それに比べりゃ五百両なんて、ちっぽけなもんじゃねえか。五百両で何もかもまるく収まるんだ。おまえさんは毎日お天道様をあおいで、これまで以上に商売に励むだけだ」

伊兵衛は頭のなかでいろんなことを忙しく考えた。どっちが得かいうまでもないが、五百両はすぐに工面できる金ではない。いくら店の主だといっても、番頭や支配人へのいいわけが必要だ。

しかし、金を用意しなければ、三重造は何をするかわからない。最悪自分を小浪殺しの下手人として、町奉行所に訴えるかもしれない。

そうなると、絶対に自分には逃げ道はないはずだ。何をどういい繕ったところで、三重造は巧妙な話をするだろう。ひょっとすると、小浪の死体はどこかに隠してあるだけかもしれない。

「わ、わかりました。しかし、すぐにというわけにはいきません。金をこしらえるのに少し暇をもらわないと……」

「何日かかる？」

三重造はたたみかけてくる。

「十日ほど見ていただければ、なんとかなるはずです」

三重造は蝦蟇《がま》のような目を彷徨わせた。

「いいだろう。十日待ってやる。それを過ぎたら、おれは何をするかわからねえ。約束は守ってもらうぜ」

「ま、守ります。ですが、五百両できっちり収めてもらえますね」

「そのつもりでいってるんだ。いいか、十日だぜ」

伊兵衛は声もなくうなずいた。

六

何だか雨が降りそうな雲行きである。

雲が空に蓋をするように広がったので、周囲の風景が暗くなり、まるで夕暮れのようだ。十内は頬をさすって、堺屋を見とおせる茶店に入った。床几に腰をおろし、やってきた小女に熱い茶を注文する。

十内の頭にあるのは、いかに伊兵衛の躾なおしをするかであるが、本人のことをまだよくわかっていない。いかんせん百両という大金がかかっているので、なんとかこの仕事だけはやり遂げたい。

伊兵衛の悪い癖は金遣いの荒さだけのようだが、それには何か原因があるはずだ。しかし、それも本人のことを知らなければならない。

（よし、ここは腰を据えて……）

そう思って運ばれてきた茶を受け取る。そのまま堺屋に目を注ぐ。伊兵衛の外出を待ち、そのときにまた話す機会を作ろうと考えていた。とにかく伊兵衛と近づきになるのが一番だった。

そうやって十内は、茶店の床几で時間をつぶしはじめた。空をおおう雲はますます厚みを増し、あたりを暗くしている。

（こりゃァ一雨来るな……）

空を見あげて、視線を下ろしたとき、店の前を通りすぎた男がいた。十内はとっさに葦簀《よしず》の陰に隠れようとしたが、先方は気づかずに歩き去る。

服部洋之助だった。いつものように松五郎がそばについていた。小者《こもの》もひとりしたがえている。

見廻りをしているのだろうが、おとねの調べはどこまで進んでいるのだろうかと思う。まさか、由梨とお夕にまかせきりということではないだろうが……。

洋之助たちは通旅籠町《とおりはたごちょう》のほうに去っていった。そのまままっすぐ行けば、両国広小路である。

十内が洋之助たちを見送ってすぐ、伊兵衛があらわれた。どこかへ行っていたらしく、そのまま暖簾をくぐって店のなかに消えた。

十内はチッと舌打ちをし、もう少し早く来るべきだったと後悔するが、ここは辛抱だと自分にいい聞かせた。

「旦那、甲兵衛の家に寄りますか……」

松五郎が洋之助の横に並んでいった。

「それより、あの娘たちから話を聞くのが先だ」

洋之助は歩きながらいう。町方らしく目は周囲に配られている。

「あんな小娘たちを頼ってもしようがないでしょうに」

「使えるものはなんでも使う。調べってやつァそんなもんだ。つべこべいわずについて来やがれ」

洋之助は縁橋の手前を左に折れ、浜町堀沿いに歩く。

後ろについている松五郎と小者の弁蔵《べんぞう》が、一雨来そうだ、いざとなったら傘を都合しなければならないなどと話している。

たしかに雨雲が市中の空をおおっていた。穏やかな浜町堀の水面が、その暗い空を映している。

いつしか蟬の声が少なくなっていることに気づく。

「娘たちが何もつかんでいなけりゃ、おとねは単に足を滑らせて溺れ死んだんだろう」

洋之助はつるりと顎をなでていう。

「旦那、最初からそうじゃねえかと思っていたんです。それにおとねは死んじまっているんだし、突っ込んだ調べをしても詮ないと思うんですがねえ」

洋之助は松五郎を振り返ってじろりとにらんだ。

「すると、おれの勘が外れていたというのか……ええ……」

「いえ、そういうわけじゃありませんが、はっきり殺しがからんでいるといえないんですから……」

「おとねの懐中のものがなくなっているんだ。甲兵衛という亭主がそういっただろう」

「まあ、そうですが……」

洋之助は気を取りなおしたように前を向いて、幽霊橋をわたった。

(おれだってこの調べには気乗りしねえんだ)

と、内心で愚痴る。

おとねのことを調べるのは、いわば暇つぶしでしかない。他に大きな事件があれば、すぐそっちに飛びつく腹だ。

「あの娘たちが何もつかんでなきゃ、今日は引きあげだ。雨も降ってきそうだしな」

　橋本町の町屋に入って、お夕と由梨の家に近づいた。洋之助は隣に住む十内の家をちらりと見た。

　戸は閉まっている。雨戸も閉めてある。

（あの野郎、どこをほっつき歩いてやがるんだ）

　気にすることではないが、早乙女十内という男は、何かと引っかかりを覚える。

「弁蔵、娘たちを呼んでこい」

　洋之助が顎をしゃくったとき、一方から騒がしい声が聞こえてきた。会おうと思っていたお夕と由梨がやってきたのだ。

「よお、いいところで会った。おまえたちの話を聞きに来たんだ。何かわかったことでもあるか」

　洋之助は十手を抜いて、トントンと肩をたたく。

「何にもないわ。でも、気になることはあります」

　お夕が近づいてきていう。

「ほう、どんなことだ？」

「やっぱりあれは殺しだったような気がするんです」

由梨が大きな目で見つめてくる。

「するとその証拠でもつかんだというんじゃないだろうな」

「ううん。それはこれからのこと……」

「なぜ殺しだと思う？」

洋之助の問いに、お夕と由梨は顔を見合わせて躊躇いを見せた。

「おい、隠しごとはいけねえぜ。知っていることがあったらいうんだ」

「まだそうだと決まったわけじゃないんですけど、あやしい人がいるんです」

ねッ、といってお夕が同意を求めるように由梨を見る。

「誰だ？」

「それはいまはいえないわ。だって、ちがったらその人を傷つけることになるから」

「おい、舐めたことというんじゃねえぞ」

松五郎が一歩踏みだしてお夕と由梨をにらんだ。

「どうして、あんたっていつもそんなに険しい顔するの。せっかくの男前が台無しよ」

お夕が笑みを浮かべていう。

「お、男前……お、おれが……」

「ほら、可愛いところあるじゃない、おじさん。よく見れば捨て置けないご面相よ」

「な、なにを……」

お夕にからかわれた松五郎は、照れたように赤くなっている。顔つきとちがい、松五郎は意外にうぶなところがあるのだ。

「とにかく、そのあやしいというのは誰だ？」

洋之助は松五郎を下がらせて聞いた。

「だから、いまはいえないんですよ。わかったら教えるわ。それにまちがったことを服部の旦那に教えて恥をかかせたら、かえって迷惑になるでしょう」

「ふむ」

洋之助は細い眉を上下させてうなずく。たしかに、こんな小娘たちの話を鵜《う》呑《の》みにして恥をかいたら目もあてられない。

「……まあ、それならそれでいいだろう。何かわかったらおれに知らせるんだ。あてにしないで待っているが……」

「あんまりあてにされるとわたしたちも困るから、そのほうがいいわ」

由梨がちゃっかりしたことをいって、お夕ちゃん行こうとうながす。

「おい、早乙女ちゃんはどこをうろついてる」

声をかけると、由梨とお夕は同時に振り返った。

「早乙女ちゃんは……」

由梨の言葉を引き継いで、

「どこへ行ったかさっぱりわからないわ」

と、お夕がいう。

洋之助はそのまま背を向けて歩きだした。

「おとねの件は、やっぱり事故ってことですましちまうか……」

独り言のようにつぶやく洋之助は、たいした手柄になりそうにないことから手を引こうと考えはじめていた。

七

暮れ六つの鐘を聞いたときに、いまにも泣きそうだった空から雨が降りはじめた。それは雷をともなったどしゃ降りだった。

熱心に聞き込みをつづけていたお夕と由梨は、神田堀に架かる地蔵橋《じぞうばし》のそばで雨宿りをしていた。

「よく降るわね」

暗い空を見あげるお夕の顔が、青白い光で染められた。少し間をおいて、耳をつんざくような雷鳴がひびいた。

「きゃあ」

と悲鳴をあげたお夕と由梨は、抱き合うように身をよせ、茶店の奥に引っ込んだ。店には燭台《しょくだい》と行灯がともされている。

あっという間に水溜まりのできた道を、尻端折《しりはしょ》りして逃げるように駆ける棒手振《ぼてふり》がいた。傘を差した侍たちも、近くの店で雨宿りをしている。

しばらくすると雷は、パリパリッと、ものの割れるような音を立てて遠ざかっていった。それと同時に雨の勢いも弱まってきた。

「やむかしら……」

お夕がつぶやく。

「傘持ってこなかったからねえ」

「小降りになったら帰りましょう」

そうしようと、由梨は応じる。

「でも、ここで雨宿りしている人たちにだけでも話を聞いてみない」

お夕は店にいる客を見まわした。雨と雷のせいで、茶店で雨宿りしている客が十数人いた。たまたま近くを通りがかった人たちだろうが、

「聞いても損はしないはずよ」

と、お夕は床几から腰をあげて、まずは茶店の女将に声をかけた。由梨も真似をして他の客たちにおとねと甲兵衛のことを訊ねはじめた。

訊ねるのは、おとねが甲兵衛の女房で、この先の幽霊橋のそばで死体となってあがったことと、おとねがぼけて徘徊癖があったこと、また財布がなくなっているこ

とから他殺の疑いもあることなどだった。

「川に落ちたときに、財布を落としたってこともあるんじゃないのかい」

客の一人がそんなことをいう。

「財布を見つけられればいいんですけど、いまのところ見つかっていないんですよ」

「川浚《ざら》いでもしたのかい」

暇そうに茶を飲んでいる客は、お夕をめずらしそうに見ていう。薬箱を足許の地面に置いた定斎屋《じょうさいや》だった。

「そこまではしていませんけど、わたしたちは舟の上や橋の上や岸辺から探してはいます」

お夕と由梨は実際そんなことをしていた。

「川底に沈んでいるなら見つけるのは難しいだろう」

「そうかもしれませんが、もしもってこともありますから……」

「この辺で見たことはないね。死んだのはこの亭主の女房なんだな」

定斎屋は甲兵衛の似面絵を見ていう。

「そうです。この人といっしょに歩いているのを見た人がいないかと思って、探していているんです」

「しかし、おかしくはないか。この人の女房は死んじまったんだろ。夫婦揃って歩いているのを見たって人を探して何になる」

たしかにそうなのである。お夕は同じことを何度も聞かれているので、

「いっしょに歩いているとき、おとねさんがはぐれてしまったんですよ」

と、うまくかわす。

お夕と由梨の頭には、夫の甲兵衛が第一の容疑者という考えがある。もちろん、それは思いちがいかもしれないが、やれるところまでやろうと二人は決めていたのだった。

「だったら死んだおとねって人の似面絵はないのかい？」

「あったんですけど、あちこちに配ってなくなったんです」

「……悪いけど、おれは見ていないな」

雨が小降りになったせいか、一人二人と店を出ていく客が目立つようになった。そんな客を逃がさないように、お夕と由梨は聞き込みをつづけた。

「お夕ちゃん来て」

茶店の入口で由梨が手招きをしていた。そばの床几には、濡れた髪をふいている五十がらみの男がいた。そばに置いている荷物から羅宇屋《ラウや》だとわかる。

「どうしたの？」

「この人が甲兵衛さんを見たというの」

「ほんと」

お夕は目をみはって羅宇屋を見た。

「いつです？」

「さっきだよ。雷が鳴ってどしゃ降りの最中だった」

お夕はがっかりした。

知りたいのは今日のことではない。お夕が肩を落とすと、由梨が、それがちがうのよといってつづけた。

「甲兵衛さんが幽霊橋の上から何かを落としたらしいの」

「落とした？」

「そうだよ。捨てたようにも見えたが、落としたんじゃないかと思って、声をかけたんだ。すると、びっくりしたような顔でおれを振り返ってね」

羅宇屋は落とし物をしたと教えたらしいが、甲兵衛は逃げるように歩き去ったらしい。

「年寄だから耳が遠いのかもしれないし、あの雨と雷だったからね。ひょっとすると、おれの声が聞こえなかったんじゃねえかな」

お夕は羅宇屋の話はもう聞いていなかった。どこか遠くを見て、さっと由梨を見た。

「由梨ちゃん、幽霊橋に行ってみましょう」

「行ってどうする?」

「甲兵衛さんが落としたものを探すのよ。幽霊橋はおとねさんが見つかった場所よ」

由梨もお夕のいわんとしていることがわかったらしく、目を光らせた。

十内は堺屋のそばの茶店で伊兵衛の外出を待っていたのだが、夕方のどしゃ降りと雷を見て、

（こりゃァ今夜は店から出ないだろう）

と決めつけて、自宅に帰っていた。

濡れた着物を着替え、くつろぎながら髪を乾かしていると、庇《ひさし》から落ちるしずくの音がしなくなった。雨戸を開けてみると、雨はすっかりやんでおり、雲の切れ間には星と月が垣間見られた。

「それにしてもひどい通り雨だった」

ぶつぶつ独り言をいって、居間に腰を落ち着けて、酒徳利《さかどっくり》を引きよせたとき、表に足音がして、玄関に人の立つ気配があった。

「早乙女様のお宅はこちらでございましょうか……」

何やら遠慮がちの声が聞こえてきた。

「はい、そうですよ。戸は開いているからどうぞ」

十内が声を返して立ちあがるのと、戸が開くのは同時だった。

あらわれた男を見て、十内は我が目を疑うように眉宇をひそめた。

「これは堺屋の伊兵衛殿……」

「夜分に申しわけありませんが、ご相談がありましてまいりました。ご迷惑でなければ話を聞いていただけませんでしょうか」

迷惑もなにもない。会いたいと思っていた人間が向こうからやってきたのだ。

「なんの話か知らないが、とにかくあがってくれ」

十内は伊兵衛を座敷にあげた。

第四章　財布

一

燭台の蠟燭《ろうそく》が、一瞬輝きを放つようにあかるくなり、深刻な顔で話しつづけていた伊兵衛の顔を染めたかと思うと、すぐに暗くなった。

「待ってくれ。蠟燭をつける」

十内は腰をあげると、新しい蠟燭を燭台に付け替えて、火をともした。そのままじっと、唐紙に映る自分の影を見て、

(これはとんでもないことになっている)

と思わずにはいられなかった。

「このままでは、わたしはあの親分に金を搾《しぼ》り取られつづけるのではないかと……

そんなことになったら商売どころではありません」

伊兵衛が泣きそうな顔で訴える。

「冷たいことをいうが、身から出た錆《さび》だな」

十内はそういって、元の位置に戻った。

蒼白な顔をしている伊兵衛は弱り切っている。

「とにかく話はわかったが、おまえは小浪を殺してはいないのだな」

「そりゃもちろんです。わたしにそんなことなどできるわけがありません」

「しかし、おまえは小浪を殺した下手人を見ていない」

「はい」

伊兵衛は肩を落として悄《しょ》げる。

「死体をそのままにして逃げた」

「…………」

「逃げずに、番所に届けていれば……うむ、やはりおまえは疑われているだろうな。だからといって、このままではよくない」

「ですから、そのことをご相談したくて、早乙女様に会いに来たのです」

伊兵衛は膝を進め身を乗りだして、必死の目を十内に向ける。

「三重造という男が小浪の死体をどう始末したのか、それも気になるが……。いったい誰が小浪を殺したかということがもっとも気になることだ」

「それはわたしもそうです」

「それにしても大変なことになっているな。これは困ったぞ、堺屋伊兵衛……」

「困っているのはわたしです。そのために、早乙女様のお知恵をお借りしたいのです。いったいわたしはどうすればよいのでしょうか……」

「うむ……」

十内は腕を組み宙の一点を凝視し、組んだ腕をほどいて、扇子を広げてゆっくりあおぐ。

表から虫たちの声が聞こえてくる。

風鈴がちりりんと鳴る。

「いまになって御番所にありのままを訴えるのは、得ではないだろうな。そんなことをすれば、きっとおまえは厳しく取り調べられる。死体が出てこなければ、おまえの身はどうなるかわからない」

「死体が出てきたらどうなるでしょう……」

　伊兵衛はかたい表情のままだ。

「出てきたとしても三重造というやくざは知らぬ存ぜぬを貫くだろう。おまえにはまったく関わっていないといい張ればそれまでのことだ。もし、死体が出てきたとしても、それは同じことだ」

「黙っていれば……」

　伊兵衛はゴクッと生つばを呑み込んで十内を見つめる。

「黙っていれば、三重造から金をふんだくられるだけではないか。つまり、生きているかぎりやつのいいなりになるということだ」

「そ、そんなことは……」

「なぜ、三重造なんかに相談をした。そもそもそれがまちがいのもとではないか……」

「それをいわれると、返す言葉もありません。あとになって、しまったと気づいたのですが、もうそのときは遅すぎましたし……」

「三重造とは古い付き合いなのか？」

「いいえ、ここ半年ほどです。正直に申しますが、わたしは仕事にあきあきしておりまして、気晴らしに何かないかと思っているときに、賭場に出入りするようになり、そこで親分に目をかけられたのがはじまりです」

以来、三重造は親身に接してくれたらしい。

「わたしは大きな賭けをするようになりましてね。負けると、さらに金をつぎ込んで、元を取り返そうともがけばもがくほど深みにはまり、気づいたときはかなりの金を遣っていました。しかし、負けは負けですからきれいに金は払います。親分はそんなわたしが気に入ったんでしょう。何かと目をかけてくれるようになり、ときには料亭に連れて行ってもくれました」

「そのときの払いは?」

「親分さんです。わたしは負い目を感じたくないので、折半でといっても親分は気っ風のよい人で……」

「そりゃあやくざの手の内にはまってしまったんだ」

「…………」

「それで博奕《ばくち》ではいくら負けたんだ?」

「たしかなことはわかりませんが、五、六百両はあるかと……」

十内は驚きあきれてため息をつくしかない。しかし、これで伊兵衛の金の使途ははっきりした。父・惣右衛門が悩むのも無理はない。

「小浪とはどうやって知り合った？」

「それも親分さんの紹介でした」

「紹介されて一目惚れってわけか……」

「ま……」

「すると小浪の店にはちょくちょく行っていた。店のものもおまえが、小浪を気に入っていることを知っていたというわけだな」

「おそらく知っているはずです。でも、小浪は人気者でして、わたしだけが小浪を独り占めできたわけではありませんし、待たされることもありましたから」

「店のものは小浪が堺屋の寮に行ったことは知らないのだな」

「知らないはずです。親分さんはそのことは一切口にしていないとおっしゃいます。店にわたりをつけに行った人も、わたしのことは何も話されていないということです」

「それじゃどうわたりをつけたんだ？」

「さあ、それは……」

伊兵衛は首をかしげる。

「これは大事なことだ」

視線を落としていた伊兵衛がひょいと顔をあげた。

「誰が店に話しに行ったのか、それは知っているんだろうな」

「いえ、それが……」

「知らないのか？」

十内が眉宇をひそめて不思議がれば、伊兵衛は心許ない顔でまばたきをする。

「早乙女様、いったいわたしはいかがすればよいんでございましょう」

「小浪を殺した下手人を探すのがまず第一だが、その小浪の死体がどうなったかも気になる。しかし、これだけははっきり聞いておくが、おまえはほんとうに小浪を手にかけてはいないんだな」

十内がきっとした目を向けると、伊兵衛は激しくかぶりを振って、

「わたしはやっておりません。やっていたらこんなことは相談できないではありま

せんか」

と、必死の形相になった。

「……ならば、なんとかしよう。もっと細かいことを知りたいが、その前に何か飲もう。ちょっと待っててくれ」

腰をあげて台所に向かう十内は、伊兵衛から聞き出すべきことを頭のなかで整理した。

二

東の空が茜《あかね》色に染まっている。さらに高みの空は紫がかった青味を帯びていた。

小鳥たちが静かに鳴きはじめ、木々の枝葉から夜露がゆっくりとしたたる。

向島小梅村《こうめむら》にある常泉寺に寄宿するその僧は、上総《かずさ》から二人の僧徒と修行にやってきていたひとりだった。名を道岳《どうがく》といった。

道岳は朝の勤行が終わると、境内《けいだい》の周囲を一巡りして掃除にかかるのが常だった。その朝もそれは変わることがなかった。薄い僧衣の裾を尻端折りし、素足にすり切れた藁《わら》草履を履いていた。

常泉寺はこの辺ではなかなか立派な寺である。六代将軍家宣《いえのぶ》の養女・政姫と、早世した家宣の子供三人の墓があり、幕府から三十石の朱印も与えられている。境内には「お化け銀杏《いちょう》」と呼ばれる木や、地面を這うように枝を広げている松もある。それは「十返の松」と呼ばれていた。

とにかく道岳はいつものように山門を出ると、寺の周囲を歩いた。夜はようようと明けはじめている。昨夜、土砂降りの雨があったので、地面はぬかるんでいて、堆積していた土砂が田圃《たんぼ》に流されてもいる。

周囲の景色を眺めながら、大きく息を吸って吐く。すがすがしい朝の涼気を肺腑《はいふ》に入れると、気持ちが引き締まる。

そうやって寺の北東に来たとき、一本の李《すもも》の木の下に目を向けた。そこに河原撫子《かわらなでしこ》の花が咲いていたはずだったが、見えない。可憐な薄桃色の花を愛《め》でるのは小さな楽しみだったのだが、土砂で流されているのだ。

内心がっかりしてやり過ごそうとしたが、すぐに目を元に戻した。泥の間に何か白いものが見えたからだった。

道岳は目を凝らして、ゆっくり近づいて行き、はっと目をみはり、悲鳴を漏らすまいと、思わず手で口を塞《ふさ》いだ。

泥に埋もれたようになっていたのは死体だった。


神田堀を薄くおおっていた靄《もや》がいつしか消えて、水のなかがよく見えるようになった。お夕と由梨は近所で借り受けた舟で、幽霊橋の下をさっきからのぞき込んでいた。

「魚が結構いるわね」

由梨がてんで関係ないことをいう。

「魚ぐらいいるでしょう。それよりちゃんと見てよ」

お夕は袖をまくりなおして、舟縁《ふなべり》から身を乗りだして、川底に目を凝らす。

「いわれなくたって見てるわよ。でも、何も見つからないんだもん」

「羅宇屋さんは甲兵衛さんが何か捨てたか、落としたといったけど、見間違いだったのかしら……」

お夕は顔をあげて高く晴れわたった空をあおぐ。

橋をわたったり、河岸道を行き交ったりする人の数が増えている。

「お夕ちゃん、昨日の雨でもう少し下に流されているのかもしれないわ。軽いものだったら、もっと先に流されたってこともあるでしょう」

「そうね」

応じたお夕は、舟を少し下らせることにした。それは小さな荷舟だったので、女でも手軽に操ることができた。

幽霊橋から少し下ったところに土橋《どばし》がある。二人は舟をそこまで進めて、もう一度さっきと同じように水のなかに目を凝らした。

いくら探しても甲兵衛が落としたようなものは見つからない。いったい何を落としたのだろうかと、お夕は考える。昨日はおとねの財布だったのではないか、という直感がはたらいたが、見当違いだったのかもしれない。

「お夕ちゃんの顔が鏡よりよく映っている」

また由梨が関係のないことをいう。

でも、お夕もつられて水面に視線を落とす。たしかに鏡より、水は自分たちの顔をよく映していた。

「お夕ちゃん、やっぱりきれいだね」

「何いっているのよ、由梨ちゃんだってきれいよ」

「ううん、お夕ちゃんのほうが大人の色気があるわ。あたしは子供みたいな顔をしているんだ。ああ、あたしもお夕ちゃんみたいな顔に生まれたかった」

「馬鹿なこといわないで……」

「あれッ。あれ何かしら」

「なに？」

お夕は一方を指さす由梨を見た。

「ほら、あれよ、そこよ」

「どこよ？」

「そこのほら、ちっちゃい岩の、穴のそばの……そこよ、あそこ……」

「どこよあそこって」

「だからそこのところよ。ちゃんと見て」

「見てるわよ。あっ、あれ」

お夕にも由梨の見つけたものがわかった。

「何か掬いあげるものない。だめ、棹《さお》じゃ大きすぎるわ。もっと長くて細いもの」

「お夕ちゃん、七夕の篠竹がある。あれよあれ」

由梨が橋のそばにある七夕に使われた篠竹を見つけて指をさした。

「そう、あれあれ」

舟の上で騒いでいる二人の若い女を見た通りすがりの男が、怪訝そうに首をかしげていた。

三

それは十内が茶漬けで朝餉をすまそうと思い、沸かした湯を丼飯にかけたときだった。ぱたぱたと慌ただしい足音がし、つづいて「早乙女さーん」という女の声が重なった。

もう隣の長屋に住む由梨とお夕だとわかる。いきなり玄関の戸が引き開けられ、

「大変よ！　大変よ！」

と、お夕が飛び込んでくる。

「見つけたのよ。とんでもないことよ」

と、由梨がずかずかと土間に入ってくる。

「何が大変で何を見つけて、何がとんでもないんだ」

十内はさらさらと茶漬けをかき込んだ。

「おとねさんを殺したのはやはり亭主の甲兵衛さんよ」

「なに……」

十内は箸を止めた。

「昨日雷といっしょに夕立があったでしょう。そのとき、幽霊橋の上で甲兵衛さんを見た羅宇屋がいるの」

由梨の言葉をお夕が引き継ぐ。

「その羅宇屋は甲兵衛さんが橋の上から川のなかにものを落とすのを見たのよ。それで、あたしたちはさっきそれを見つけたの」

これよといって、由梨がずぶ濡れの財布を差しだした。

「甲兵衛さんは、おとねさんが財布を持っていたといったわ。それには小粒が十二、三枚と小金が入っているといったわ」

「……だったな」

「そして、あたしたちに甲兵衛さんは、三つ折りの財布は瀧縞の古着を使って作ったもので、細い革紐がついていたといったの」

これはお夕である。

十内は飯を食うのをやめて、目を輝かせている二人を真顔で見た。それから、膝許にある財布を眺めた。

三つ折り財布は瀧縞の古着で作られている。それを手に取って中身をあらためると、一分金十二枚、一朱金三十枚、一文銭が三十枚ほどあった。

「やはり、甲兵衛さんは世話の焼けるおとねさんが煩わしくなって、殺してしまったのよ」

「甲兵衛さんは勝手に外を歩きまわるおとねさんの癖を知っていた。そのことをうまく利用して、足を滑らせて溺れ死んだように見せかけた」

由梨がいう。

十内は黙って聞いている。するとお夕が口を開く。

「自分が女房思いの亭主だと思い込ませ、またおとねさんのことをいかに心配していたかを誰かに知ってもらうために、早乙女さんに甲兵衛さんは相談に来た」

「つまり、早乙女さんは甲兵衛さんにうまく利用されたのよ」

「おれが、利用された……」

そう思うと、甲兵衛に対してにわかに怒りを感じた。しかし、十内はこのままで甲兵衛の仕業だと断定できるだろうかと、視線を宙に彷徨わせる。

「こうなったら甲兵衛さんを問い詰めて白状させるしかないんじゃないの。あの人は人殺しよ。それも女房殺しなのよ」

由梨が膝を詰めてくる。

「そうかもしれないが……」

「そうに決まってるわよ」

「甲兵衛さんは女房孝行面をして、ほんとうは人殺しなのよ。黙っていられないわ」

お夕が息を巻く。

「財布はほんとうに神田堀に落ちていたのか……」

十内は財布を見つめたままつぶやくようにいう。

「そう、落ちていた」

お夕が答える。

「物取りの仕業ではなかったということだな」

「そうなるわね」

「すると、甲兵衛は嘘をついていたことになる。女房は財布を持って家を出たといった。だが、その財布は自分で落とした。あたかもおとねが川に落ちて、溺れたように見せかけるために」

「そういうことです」

今度は由梨だった。

「おとねが死んだ日、甲兵衛は家にいたといった。表に出はしたが、日の暮れ前には家に戻ったと……」

「嘘に決まってるわ」

「よし」

十内は目を光らせて、天井の隅をにらむ。

「甲兵衛さんをしょっ引きに行きましょう」

由梨が腕まくりをする。

「いや、待て」

十内の言葉に、お夕と由梨はあげかけた尻を落とした。

「なによ。もうあの人が下手人だとわかっているじゃない」

「いやいや、これから先のことは服部さんにまかせるんだ」

「えーッ」

由梨が不服そうに驚く。

「あんな町方に手柄取らせることないじゃない」

お夕が口を尖らせる。

「じゃあ他の町方に知らせるか。いいか、この調べを頼んだのは服部さんだ。他の町方に知らせたら、あの男はねちねちとしつこく因縁をつけてくる。それは決して気分のよいものではない」

「あの町方の手柄になるのも気分はよくないわ」

「それはたしかにそうだが、ここはぐっと我慢をして服部さんに知らせるのが筋だ。そうしておけば、あの人のあたりもおれたちにやわらかくなるはずだ」

「なによ、早乙女さんはあの人に胡麻擂《ごます》りたいわけ……」

お夕が責めるように十内をにらむ。

「そういうことじゃない、餅は餅屋というだろう。ここであの男に貸しを作っておけばいいいだけのことだ」

「そっか……それもそうかもしれないね」

不承不承だが、由梨が納得したようにうなずく。

「服部さんにこの件を伝える。そうしよう。いずれにしろおまえたちのお手柄に変わりはないのだからな」

十内は二人に、にんまり微笑んでやった。

四

服部洋之助は御用箱を背負う中間《ちゅうげん》と、小者の弁蔵をしたがえての出勤途中だった。

日は高く昇っているが、一時に比べればずいぶん過ごしやすくなっている。

「風が気持ちよくなってきたな」

白い絣《かすり》に三紋付きの巻き羽織姿の洋之助は誰にともなくいう。歩くたびに裾が割れ、白い裏地が粋にのぞく。

「へえ、今月は涼月《りょうげつ》といいやすからね。ほんとに過ごしやすくなりやした」

弁蔵が機嫌を取るようにいう。

「そうか、涼月だったな。なるほどなるほど」

色白で面長の洋之助の顔に、お堀の照り返しがあたっていた。いつになく早い出勤なので、顔見知りに会うことがない。

呉服橋《ごふくばし》をわたれば、もう町奉行所は目と鼻の先である。河岸道の地面にいた雀《すずめ》たちが、洋之助たちに驚いたように飛び立ったとき、背後から駆けてきた男が、

「もし、お待ちを。町方の旦那でございますね」

と、息を切らしながら声をかけてきた。

「おう。なんだ」

洋之助は足を止めて、男を振り返った。

「はい、あっしは中之郷瓦町《なかのごうかわらまち》の自身番で番人をやっております留造《とめぞう》と申します」

「留造か。うむ、それで何用だ？」

「今朝大変な知らせが近くの寺からありまして、駆けつけて行ってみると女の死体が埋められていたんでございます」

「なに、女の死体だと」

洋之助は眉を上下に動かして留造をまじまじと見た。

「はい、まだ若くてきれいな女です。年のころは二十二、三かと思いますが、ぼんのくぼのあたりを刺されて殺され、そのあとで埋められたようなんです。昨夜降った雨が、その土を洗い流して死体が出てきたようです」

「寺からの知らせだといったが、その境内で見つかったのか？」

もし、そうであれば寺社奉行の管轄で、洋之助の出番はなくなる。しかし、これははっきりとした殺人事件であるから、なんとか自分の手で処理したいと洋之助は思う。

「寺は常泉寺と申しまして、死体はその寺のそばで見つかっています。見つけたのは寺に修行に来ている坊さんでした」

洋之助はほっと胸をなでおろした。

（この一件はおれが片づける）

と、強く心の内で念じる。

「常泉寺というと、水戸中納言様お屋敷そばのあの寺か……」

「さようです」

「それで死体はどこだ？」

「てまえどもが詰めております番屋に置いてあります」

洋之助はさっと弁蔵を見た。

「弁蔵そういうことだ。おまえは同心詰所に走り、その旨を伝えて戻ってこい。詰所には誰かいるはずだ。言付けだけでいい」

「旦那は？」

「おれは松五郎を連れてゆく。追いかけてくるんだ。さ、行け」

洋之助は弁蔵を町奉行所に走らせると、中間には、

「おまえは帰っていい」

と、いいつけた。

この中間は町奉行所のものであるから、調べには付き合わせる必要はなかった。

捕り物騒ぎでもあればそのかぎりではないので、とりあえず用なしとしたのだ。

「歩きながら詳しいことを聞こうじゃないか」

洋之助は来た道を引き返す恰好で、留造と肩を並べて歩いた。

女の死体のことをあれこれ聞くが、留造はよく知らなかった。とにかく殺されて埋められたということだけがはっきりしている。

今後の参考になるような話が聞けなかったので、洋之助は日本橋の高札場《こうさつば》前で留造を先に帰して、松五郎の住む小網町に向かった。

（これは久しぶりにいい手柄仕事に出くわした）

そう思う洋之助は、甲兵衛の女房・おとねの一件は、事故で処理すればいいと頭のなかで算盤をはじく。

早足で歩く洋之助は、いつになくやる気になっていた。大きな出世など望めない町奉行所同心ではあるが、手柄をあげるごとに、同心としての箔《はく》がつく。

箔がつけば、付け届けがそれだけ多くなり、懐が潤《うるお》うし、うるさい与力や古株の同心からも一目置かれる。

とにかく同心は手柄をあげるのが唯一であるし、手柄をあげられない同心は自ずとやり甲斐のない役目を押しつけられる。

実際、「うつけ同心」とか「ぐず同心」と陰口をたたかれるものがいる。洋之助はそんな男にはなりたくなかった。もっとも自分でも世渡りはへたではないと思っているので、陰口をたたかれる同心にはならないという自負があった。

「あ、いたいた。あそこ」

照降町《てりふりちょう》に差しかかったところで、そんな声がした。

「いいところで見つけられたわね」

聞いたような声だが、洋之助は気にしないで足を進めた。ところが、すぐに自分の名を呼ばれた。

「服部さん、服部の旦那」

黄色い声に振り返ると、お夕と由梨である。洋之助は顔をしかめた。

「なんだ、朝っぱらから町中で迷惑な声などあげおって」

「そんないい方しなくていいでしょう。あたしたちは旦那の手先となって動いていたんですからね」

お夕がいう。可愛い顔をしているが、小生意気な娘である。

「何の用だ?」

「だから、甲兵衛さんのおかみさんのことよ」

「あれはもういい。ありゃあ、誤って川に落っこちて溺れちまったんだ。それで解決だ。もうおまえさんらの出る幕はない。こういったことはおれたちにまかせておけばいいんだ。さ、帰った帰った」

洋之助は蠅でも追い払うように手を振った。

「おとねさんを殺した下手人がわかったから来たのよ」

由梨がむくれ顔でいう。

「なにッ」

「もういいわ。それじゃわたしたちは他の町方の旦那に話します」

お夕はそういって由梨と行こうとする。

洋之助は慌てて、

「おい、待て待て。話を聞こうじゃないか」

と、二人の袖をつかんで引き留めた。

五

馬喰町一丁目にある甲兵衛の長屋の前で、十内は見張りをつづけていた。甲兵衛が家にいることはすでにわかっており、家を出る様子はない。

十内は商家の庇の下に積んである薪俵《まきだわら》に腰掛け、扇子をあおぎながら甲兵衛の家を見るともなしに見ては、通りゆく者たちを眺めている。

柳腰のいい女が目の前を過ぎていった。それとなく流し目を送られたので、口許をゆるめて微笑んでやると、女はぷいとそっぽを向いて行ってしまった。

(いい尻をしている)

無視されても十内はいっこうに気にせず、左右に動く女の尻を見送る。夏の終わりとはいっても、みんな単衣の薄着だから、ときに体の線が見えるときがある。

「うおほっほっほ、いやはや、これは早乙女ちゃん。ご苦労ご苦労」

ふいにそんな声が近づいてきた。

服部洋之助が嬉しそうな顔で、松五郎と弁蔵を、そしてお夕と由梨を引き連れてやってくる。十内はぞろぞろとやってきた一行を見て立ちあがった。

「早乙女ちゃん、この小娘たちはなかなか見所がある。おれも感心しきりだ。それで、甲兵衛は家にいるんだな」

洋之助は馴《な》れ馴れしく十内の肩をポンポンたたき、

「お、今日は渋い帯をしてるじゃねえか。なんだ、宗旨替えでもしたか」

と、からかうようにいう。

「そういうことではないが、無駄口をたたいている場合じゃないだろう」

とたんに松五郎が肩を怒らせて何かいおうとしたが、その前に洋之助に顎をしゃくられ、

「松五郎、甲兵衛を呼んでこい」

と、指図されたからおとなしく長屋に入っていった。弁蔵もあとについてゆく。

「話は大方この小娘たちに聞いた。いやァ、話がまことならとんだお手柄だ」

わはははと、愉快そうに洋之助は笑う。

「小娘はよけいよ」

と、お夕が口を尖らせれば、「ほんとよ」と、同意する由梨が洋之助をにらむ。

すぐに松五郎と弁蔵が甲兵衛を連れてきた。

「いったい何ごとでございましょう」

甲兵衛は洋之助らをひと眺めしてから、心許ない目をした。

「おまえさんにちょいと聞きたいことがあるんだ。ま、手間は取らせねえ。そこの番屋まで付き合ってもらおう」

洋之助の有無をいわせぬものいいに、甲兵衛はしぶしぶしたがった。十内はその必要はないが、とりあえず付き合うことにした。

甲兵衛は馬喰町の自身番に入れられると、洋之助と向かい合った。お夕と由梨は土間に控え、十内は上がり框に腰掛けた。松五郎と弁蔵は表に置いてある床几に座っていた。

「おめえさん、おれに嘘をいってていねえか」

洋之助は広い額を指でなでて甲兵衛を見る。いつにない鋭い眼光だ。

「嘘……」

甲兵衛の視線が泳ぐ。

「女房のことだ。おめえさんはおれに、女房は足を滑らせて川に落ちて溺れ死んだか、物取りに襲われて殺されたのではないかと、まあ、そのようなことをいった。それにはおれの推量も入っていたのだが、そんなことをいったな」

「あ、はい」

「女房は三つ折りの財布を持っていた。それには四、五両の金が入っていたはずだといった。たしかにおとねはそんな財布は持っていなかった。落としたか、あるいは盗まれたのかもしれねえ」

「そうかもしれません……」

「おい、書役。これからのことはしっかり書き留めておくんだ」

洋之助は自身番詰めの書役に命じてから、甲兵衛に顔を戻した。

「悪いことはできねえな。おめえさんの女房が持っていた財布は瀧縞の三つ折りだったな。おめえはそういった」

洋之助は冷たい目で、じっと甲兵衛を見る。

「はい、さようです」

「これがそうだな」

洋之助はぽんと財布を膝の前に放った。お夕と由梨が拾いあげた財布だ。

「これは土橋のそばで見つかった」

「………」

「見つけたのは、そこにいる二人の若い姉ちゃんだ。財布にはおめえがいったように、四両ほどの金が入っている。これをおめえの女房は持って家を出たんだな」

「あ、はい」

「嘘をつくんじゃねえッ！」

突然の怒鳴り声に、甲兵衛はヒッと後手をついて、顔を青ざめさせた。

「おれはおとねの死体が神田堀からあがったあと、あの辺の川浚いをやった。松五郎は水のなかに入って手探りで財布を探してもいる。だが、そんなものは出てこなかった」

聞いている十内は、わずかな驚きを感じた。

洋之助はちゃんと川浚いをしていたのだ。もっとも入念な作業ではなかっただろうが、町方としてやることはやっているんだと感心する。お夕も由梨もそのことを知らなかったらしく、ぽかんとしていた。

「ところが、昨日の雨のさなかにおめえさんは、幽霊橋の上からなにかものを投げた。それを見ていた羅宇屋がいた。そいつの証言をもとに、そこの可愛い姉ちゃん二人が川を探してみると、この財布が出てきたってわけだ。え、甲兵衛、その説明をどうつける」

洋之助は番人の差しだす茶に口をつけ、赤い唇を湿らせ、十手で肩をたたく。目は甲兵衛を凝視したままだ。

「土砂降りの雨で財布が流されたなんて、つまらねえいい訳はなしだぜ」

甲兵衛は肩をすぼめ窮している。

「おめえはあの日、早乙女ちゃんに婆さん探しをしてくれと相談に行っている。だが、そのあとで、古女房だった婆さんを偶然見つけた。婆さんは世話の焼ける女だ。ぼけてもいた。おめえはそんな女房に毎日のように悩まされ、いい加減いや気が差していた。それで、事故に見せかけ婆さんを神田川に突き落として殺した。まあ、そういう筋書きじゃねえのか……」

「ご、ご勘弁を……」

いきなり甲兵衛は額を畳にすりつけて、弱々しい声を漏らした。

洋之助はため息をつく。

「おい、それじゃおれのいったとおりってわけかい。こうなった以上、逃げることはできねえ。正直に話しやがれ」

甲兵衛はすっかり観念したらしく、おとねが死んだ経緯を話した。

「わたしは殺すつもりなどなかったんです。ですが、早乙女様にご相談にいったあとで、服部様がおっしゃるようにわたしは、女房を偶然見つけました。甚兵衛橋《じんべえばし》そばの蔵地でした。そのまま連れて帰ろうと思ったんですが……」

甚兵衛橋は幽霊橋からほどないところに架かる橋である。甲兵衛はそのそばの蔵地に佇《たたず》んでいるおとねを見つけたのだった。

「なんだい、おまえこんなところにいたのかい」

甲兵衛はおとねのそばに行って声をかけたが、

「あなたはどちらの方……」

と、茫洋《ぼうよう》とした目をおとねは向けてきた。

「なにをいっている。おまえの亭主ではないか。さあ、家に帰ろう。さんざん探したんだよ。いったいどこをほっつき歩いていたんだ。おまえを探すために人にお願いまでしているんだからね」

「……どちらの人ですか？　手を放してくださいよ。人を呼びますよ」

「なにをいっている。おまえの亭主の甲兵衛じゃないか、忘れたのか。さあ、帰るんだ」

甲兵衛がおとねの袖を引っ張ろうとすると、いやっと、おとねは拒んで川のほうに逃げた。

「そっちは危ない。川に落ちてしまうじゃないか。さあおいで、いっしょに帰るんだ」

「いやです。あなたはどなたです。来ないでください」

甲兵衛は聞きわけのないことをいうんじゃないよと、やさしく諭そうとするが、おとねは怯《おび》えたような目でずるずる後退した。

「さあ、おいで。帰ろう」

甲兵衛が手を差しのべると、おとねはまた後ずさりした。と、突然、おとねの姿が甲兵衛の視界から消えた。同時に小さな水音がした。

甲兵衛がはっとなって川岸に駆けよると、おとねが水を飲んで、息苦しそうにしながら川岸をつかもうとしていた。甲兵衛はとっさに手を差しのべたが、どういうわけかおとねはずぶずぶと水のなかに沈んでしまった。

甲兵衛は凍りつかせた顔で周囲を見た。すでに日が暮れており、あたりは暗くなっていた。それに人の姿を見ない。おとねが川に落ちたことに気づいたものもいなかった。

そのとき、甲兵衛の頭に閃《ひらめ》いたのが、このままでいいのではないか、このままおとねが死んだほうがお互いのためになるのではないかということだった。

もちろん、助けるべきだった。しかし、甲兵衛はそうせずに、ゆっくり後ずさりして表道に出ると、顔を隠すようにして家路を急いだ。


「魔が差したんでございます。いまさらいいわけなどできませんが、わたしは正直女房の面倒を見ることに疲れておりました。いけないとわかってはいたんですが……わたしは、女房を見殺しに……置き去りにして……」

甲兵衛は話し終えると、嗚咽《おえつ》を漏らしながら肩をふるわせた。

すべてを聞いた十内がため息をつくように、お夕も由梨も同じようなため息をついた。

「それじゃなぜ、財布を捨てるような細工をしやがった」

洋之助はあくまでも町方としてのものの見方をする。

「女房を見殺しにしたことがわかるのが怖かったんです。服部様に初めてお会いしたとき、そんなつもりはなかったんですが、女房が財布を持っていたなどともっともらしい嘘をつきました。それも自分のやったことがわかるのが怖かったからなんです。それで、辻褄《つじつま》を合わせるために……」

「ご丁寧に財布を捨てたってことか。ご苦労なことだ。だが、おめえがそんなことをしなかったら、これは単なる事故死で終わっていたはずだ。要するに人の目は誤魔化せねえってことだ。書役、口書はおれがもらっていくが、甲兵衛はしばらくこの番屋に預ける。おれもなにかと忙しい男でな。それじゃ頼んだぜ」

洋之助は書役に念を押すように命じて、立ちあがった。それからお夕と由梨を見て、

「おまえさんらにはあらためて礼をするが、おれは急ぎの用があってな。今日はこれで失礼する」

洋之助は松五郎と弁蔵を連れてどこへともなく去っていった。

「ずいぶん忙しそうじゃない。何かあったのかしら……」

由梨がぽかんとした顔で、洋之助たちを見送っていう。

「おれも用がある。お夕、由梨、ご苦労だったな。これで一件落着だ」

十内も自身番を出ていった。

「あ、待ってよ」

由梨の声が追いかけてくる。

「約束のお金はどうなっているのよ」

お夕も声をかけてきたが、十内は振り返らずに歩いた。

六

「先生、相手はやくざでござんしょ」

馬面の孫助《まごすけ》は相変わらずの酔った口調で、十内を見る。

豊島町《としまちょう》にある「栄《さかえ》」という飯屋だった。孫助はいつもここで酒を飲んで暇をつぶしている与太者である。どうしたわけか十内のことを「先生」と呼ぶ。なんでも侍はみな先生らしいのだ。

「別にそのやくざに関わるというんじゃない。どんな男だか知りたいだけだ。子分が何人いるか、どんなことをしのぎにしているか、その辺のことだけでいい」

「ヘッ、お安いご用で」

「なるべく早く知りたい。今日のうちにやってくれるか」

「へえへえ、先生のためでしたら早速に動いてみましょう」

気安く受けてくれる孫助は赤くなっている鼻の頭を、指先でつるりとぬぐった。

「では、頼んだ」

十内は孫助の勘定を払って店を出た。

まだ、日は高い。伊兵衛の一件をうまく片づけなければならないが、まずは殺されたという小浪のことを知らなければならない。

伊兵衛は小浪が殺されたといったが、それが事実かどうかを調べる必要もある。もし、伊兵衛の勘違いで、小浪が生きていたら、とんだ徒労になるし、それはそれで救われることだ。

十内は小浪が勤めていたという柳橋の料亭〃瀧もと〃を訪ねた。しかし、店はまだ昼前とあって閉まっている。

店の玄関脇は櫺子《れんじ》格子《ごうし》の窓になっており、二階建てである。その二階の雨戸も閉まったままだ。板前は出勤が早いはずだから、それを待とうかと思ったが、近所の店を訪ねて小浪のことを聞いてみた。

「へえ、知っておりやすよ。あの店じゃ一番の器量よしの人気者です」

そういうのは、米問屋の番頭だった。

「あの店の米はうちが用立てておりまして、仲良くさせてもらっておりやす。そういやァ、ここ二、三日休んでいるそうで、病気でもしてんじゃないかと心配してんですよ」

「小浪の家を知っているか?」

「いいえ、あっしはそこまでは。で、旦那はやっぱり小浪さんめあてに……」

米屋の番頭はからかうような笑いを漏らした。

「評判の芸者だから、一度相手をしてもらおうと思ってな」

「そうでしょう、そうでしょう。金があればあっしもあんな人の酌を受けたいと思うんですが、いかんせん高嶺《たかね》の花ですからね」

「店は何刻ごろあくんだ」

「暖簾をあげるのは夕七つ（午後四時）過ぎです。他の仲居や板前は昼八つ（午後二時）には来ていますが……」

まだそれには早いと、十内は空を見あげる。

「それじゃ出なおすか……」

「それがようござんしょ」

十内はそのまま行こうとしたが、ふと足を止めて番頭を振り返った。

「小浪はいつから休んでいるんだ？」

「詳しいことはわかりませんが、わたしは一昨日から見ておりませんね」

伊兵衛が小浪と会ったのは一昨日の夜である。ほんとうに殺されたのなら、今日も店には出てこないはずだ。

「すまぬが、小浪の箱持ちを知っているか。ちょいと会いたいんだが……」

「千吉《せんきち》さんという人ですが、あの人に口は利いてもらえませんよ。小浪さんを名指しするんだったら〝瀧もと〟の旦那か番頭に話をしないことには……」

番頭は急に胡散臭《うさんくさ》そうな目つきになった。十内をあやしみはじめたふうだ。

ここではあまり立ち入ったことは聞かないほうがいいだろうと思う十内は、

「やはり、そうするしかないだろうな」

といって、今度こそ米問屋を離れた。

近所の蕎麦《そば》屋で、空腹を満たすと、今度は花川戸に足を向けた。孫助が三重造というやくざのことを探っているはずだが、自分でも調べたいと思った。

十内は暇をつぶすようにのんびりと歩く。天気はよいが真夏の暑さはなく、大川から流れてくる風が肌に心地よい。

御蔵前の通りで、三、四十人の侍の一団に遭遇した。みんな同じような浅葱《あさぎ》色の着物姿である。どこかの大名家の勤番侍だとわかる。

馬車を引く馬子もいれば、大八車を引く車力もいる。背の高い十内よりはるかに大きな相撲取り三人とすれ違い、草履をぱたぱたと音をさせて駆ける子供が追い越してゆく。

ちょうちんやちょうちん、ちょうちんやァ……盆ちょうちん……

売り声をあげてゆく提灯屋がいる。

盂蘭盆《うらぼん》が近いことを思いだした。そのころには、一度実家に帰り先祖の仏壇に線香をあげ、墓参りをしなければならないと思う。

ここしばらく実家に帰っていないので、両親のことやなんとなく理解をしてくれるようになった兄・伊織《いおり》の顔も見たいと思う。

「先生……先生……」

ふいの声に顔を向けると、孫助だった。

浅草花川戸町に入って、しばらく行った醤油酢問屋の前だった。

「何かわかったか？」

「三重造ってやくざの家はすぐにわかったんですが、それがどうも様子がおかしいんです」

孫助は酒臭い息を吐きながら、いつになく真顔になっていう。

「おかしいって……」

「何やら出入りが多いんです。三下《さんした》連中が出たり入ったりと……何かあったんですよ」

孫助はそういって、この道を入ってすぐのところに三重造の家があるという。それは馬道につながる脇路地で、途中に戸沢長屋と呼ばれる町屋がある。

「喧嘩か何かおっぱじめるつもりかな。その辺で話を聞こうじゃないか」

十内はのんびり顔で目についた茶店に歩を進めたが、

「先生」

と、すぐに孫助が袖を引いた。

「ほら、やってきましたよ。今度は三下じゃありません。あれ、あの後ろからやってくる大男が三重造では……」

孫助はそんなことをいいながら、十内を茶店の葦簀の陰に引いてゆく。

たしかに威勢のよさそうな男が二人と、大男がやってくる。みんな色めき立った顔をしている。ただならぬことが起きているようだ。

三人の男はそのまま十内が来た道を戻るように歩き、吾妻橋《あづまばし》のほうに折れた。

「どうしやす？」

聞かれた十内は少し考えて、孫助の顔を見た。

「おまえは三重造のことをつづけて探ってくれ。おれはやつらを尾ける。夕方にでも〝栄〟で会おう」

第五章　剣客

一

三重造と二人の男は、吾妻橋をわたると左に折れて向島方面へ急いでいる。尾ける十内のことにはまったく気づく様子がなく、しばらく行くと中之郷瓦町の町屋に入った。

町名どおりに、この町には瓦師が多く住んでいる。いまも瓦を焼く煙が空に昇っていた。源森川に沿った町屋は東西に延び、川の向こうには水戸家の蔵屋敷がある。

三重造たちの足は町屋のなかほどで止まった。

十内は茶店の葦簀の陰に入って様子を窺う。

三重造たちが立ち止まったのは自身番の近くだった。その自身番は何やら慌ただしく、その様子を眺めていた三重造が連れの子分に顎をしゃくった。

ひとりの子分が自身番に行き、十人ほどの野次馬のなかに入った。

「何かあったのか?」

十内が茶を持ってきた小女に訊ねると、

「なんでも女の人の死体が見つかったそうなんです」

という。

「女の……身許や名はわかっているのか?」

「わたしにはわかりませんけど、さっきから町方の旦那たちが付近を聞きまわっています」

十内は葦簀の隙間越しに、自身番を眺めた。

堺屋の寮は三囲稲荷のそばだ。ひょっとすると三重造が始末した小浪の死体が見つかったのかもしれない。それで気になった三重造が見に来たのではないか。

そう思う十内は三重造に視線を戻した。図抜けて大きな男だ。ちらりとしか顔は見ていないが、ぶ厚い唇にぎょろりと光る大きな目をしていた。

自身番に行った男が戻ってきて、三重造に何やら耳打ちした。すると、三重造は苦虫を嚙みつぶしたような顔で自身番に背を向けて、引き返してくる。

　十内は湯吞みを宙に止めたまま、その三人を眺めた。三重造も連れの二人も楽しげな顔ではない。様子からのっぴきならないことが起きたという表情である。

　その三人が遠ざかってゆくと、十内は自身番に足を向けた。

「死体が見つかったらしいな」

　野次馬のひとりに声をかけると、

「きれいな女ですよ。可哀想に……埋められていたそうで……」

と、独り言のように答えた。

「自身番　中之郷瓦町」と書かれた腰高障子は開いている。詰めている番人と書役がひとりの男と話していたが、それが松五郎だった。

　おや、と思った十内はとっさにまわりを見た。服部洋之助の姿はない。甲兵衛の調べを終えた洋之助が、忙しく去っていった意味がいまになってわかった。

　おそらくこの一件を自分のものにしたいためだろう。しかし、このあたりの治安を受け持っているのは、本所方と呼ばれる与力と同心のはずだ。その与力・同心の姿もない。

茶店の女が、付近の聞き込みをしているといったので、そっちで忙しいのかもしれない。

「死体は見られるのか?」

さっきの男に聞いた。頭に豆絞りの手拭いを巻いた職人だ。

「身許がわからないから、見ていいそうですよ。顔見知りなら番屋の人間に声をかけてくれってことです」

死体は自身番横の木戸を入ったところにあった。その木戸も開け放してあり、自身番の裏庭に通じるようになっている。

十内は筵をめくって、女の死に顔を見た。

「ほう」

思わずため息が出るほどの美人だった。埋められていたらしいから、首や顔や、うなじのあたりに泥がついたままだ。それでも美しさは保たれていた。

――小浪にはあまり目立つことのない泣き黒子《ぼくろ》が、左目の下にあります。

小浪の特徴を聞いたとき、伊兵衛はそういった。

死体の顔をじっと見ている十内は、その黒子を見つけていた。

（やはり、これが小浪なのだ）

日の光に照らされていた小浪の死に顔が、にわかに曇った。雲が日を遮ったのだ。

「なんだなんだ。誰だと思えば……」

背後でひび割れた声がしたので、十内は振り返って立ちあがった。

洋之助がせわしくなくあおいでいた扇子を、ぱちんと閉じて、

「こんなところに来ているとは、いったいどういうことだ？」

と聞く。聞き込みをしていたせいか、その顔には汗の粒が張りついていた。

「野暮用があって近所に来て騒ぎを知ったのだ」

「ほう、どんな野暮用だ」

「いろいろある」

洋之助は顔をしかめ、十内をにらんだが、まあいいといって、

「まさか、その死体を知ってるってんじゃないだろうな」

と、人の胸の内を探るような目を向けてくる。

十内は一瞬だけ躊躇ったが、

「知らない女だ。身許はわかっていないのか？」

と応じ返した。

「わかってりゃ、汗を流しての聞き込みなどしないさ。殺されてそう日がたってないのがさいわいした。顔がはっきりしているからな」

夏場はすぐに蛆《うじ》がわき、死体が腐敗する。洋之助はそのことをいっているのだ。

「殺されたといったが、生き埋めにされたのだろうか……」

十内は筵を掛けなおした死体に目を向けた。

「や、てめえッ」

自身番から出てきた松五郎が十内に気づいて、気色《けしき》ばんだ。

十内は例によって相手にしない。それに、洋之助が十内の肩を抱くようにして一方に連れて行ったので、松五郎は声を呑んだままだった。

「この一件を真っ先に知らされたのは、おれだ。だが、ここは本所方の受け持ちでな。先を越されたくない。そこで早乙女ちゃんにひとつ手を貸してもらいたいんだが……」

洋之助は表情をやわらげて十内を見つめる。

「おれじゃ役に立たないだろうが、まあわかっていることだけでも教えてくれれば、何かの役に立つかもしれぬ」

「そうこなっくちゃ、早乙女ちゃんとおれの仲だからな」

洋之助は扇子でビシバシと十内の背中をたたいてから、わかっていることを話してくれた。

死体が常泉寺の北側の畦道《あぜみち》近くに埋められていたこと、見つけたのが同寺の修行僧だったこと、付近で足跡を探したが、雨で流されて見つからなかったなどと説明した。

「死体は先夜に降った雨があったから見つかったのだろう。仏にとっては恵みの雨だったというわけだ」

「死因はぼんのくぼだというが、凶器は？」

「わからねえが、おそらく錐《きり》のように先の尖ったものだろう。絵師を呼んで人相書きを作るから、いずれ身許はわかるはずだ。わかったらおまえさんにも教えるので、よろしく頼む」

洋之助はまかせたといわんばかりに、十内の背中をぽんぽんたたいて、自身番に戻っていった。

二

自宅に戻った三重造だが、胸の鼓動はおさまっていなかった。

(とんでもねえことになっちまった……)

苦々しい顔のまま、大きな湯呑みをつかんで、ぐびりと茶を飲み、落ち着きなく視線を泳がせる。

「源七郎、喜作《きさく》の野郎はまだ見つからねえか」

胴間声で隣の居間に声をかけた。

「じき仲間が連れてくるはずです」

源七郎は静かに答えた。中之郷瓦町の自身番に三重造と行ったひとりだ。もうひとりは又兵衛という男で、やはり居間で茶を飲んでいた。

「又兵衛、こっちに来てくれ。話がある」

三重造はそういうと、奥座敷に移った。

すぐに又兵衛がやってきた。賭場で壺を振る男で、背中一面に龍と牡丹《ぼたん》の彫り物をしている。色が黒くて鰓《えら》が張っていた。

「まさか死体が見つかるとは、とんだしくじりだ」

「あの雨のせいでしょうが、見つかったのはしょうがありません」

「もっと深く埋めりゃよかったんだ」

「親分、そんなことを悔やむより、これから先のことを考えなきゃなりませんぜ。そっちのほうが大事じゃありませんか」

又兵衛は肝の据わった男で、こういったときのよき相談相手だった。

「……たしかにそうだ。だが、町方が動けば、いずれおれのところへも聞き込みがある。白《しら》を切りゃあすむことだが、おれの子分が小浪を呼びに行ったことが知れると、そうはうまくいかねえ」

「それに堺屋伊兵衛のこともあります」

「そうだ。やつんとこに、もし町方が行きゃあ、気の弱い男だからぺらぺらしゃべっちまうかもしれねえ。そうなると、おれの首が飛ぶことになる」

三重造はうーむとうなって、太い腕を組んだ。罪人を匿《かくま》ったり、死体を隠すのは、人殺しに等しい罰がくだされる。

「親分、遅かれ早かれ手を打たなきゃならないでしょうが、まずは喜作の話を聞くのが一番です。やつがどうやって〝瀧もと〟にわたりをつけたか、それ次第でどうすりゃいいか考えましょうよ」

又兵衛は冷静な顔でいう。

「そうかもしれねえが、まさかこんなことになるとは……」

三重造は煙草盆を引きよせて煙管をつかんだ。そのとき、土間のほうから喜作が来たという声があった。

「こっちに来い」

三重造が声を返すと、すぐに喜作がやってきた。平身低頭して、三重造と又兵衛のそばに座る。人のよさそうな小柄な男だった。傍目には博徒には見えないし、現にいまも商家の奉公人風のなりをしている。

「小浪の死体が見つかったそうですね」

「だから、慌ててるんだ。おめえ、小浪を呼びに行ったとき〝瀧もと〟とどうやって話をつけた」

三重造は喜作を凝視する。

「どうやってって……」

「おれのことも堺屋伊兵衛のことも、一切口にしてはならねえといったはずだ」

三重造は喜作を使いに立てる際、口酸《くちず》っぱくそのことを繰り返していた。

「へえ、そりゃこれっぽっちも話しておりやせん。番頭に今夜十両で小浪を借りたいといいました。それに辻村格之進《かくのしん》様の使いでやってきたといっておりますし……」

「辻村様の名を出したのか……」

三重造は大きな目をさらに大きくした。

「へえ、誰か信用のおける人の名を出さないと、店のほうもすんなり首を縦に振ってくれないと思いまして……辻村様でしたら知らない仲じゃないし〝瀧もと〟にも何度か出入りしてらっしゃいますから……」

喜作は何やら不安そうな顔になり、だんだん声を小さくして言葉を足した。

「何かまずかったですか……」

「辻村様の名を使ったとすると……」

三重造は煙管に刻みを詰めて、吸いつけた。辻村格之進は作事奉行の支配にある畳奉行だった。百石取りの旗本である。

三重造はその格之進の屋敷を開帳場に使わせてもらっていた。上がりの一部をショバ代として払っているので、格之進自身も潤うし、三重造らは町奉行の監視の目を逃れることができる。

「喜作、おめえはうまいことをやったのかもしれねえ」

長い紫煙を吐きだした三重造は、煙管を灰吹きにぼこっと打ちつけた。

「ほんとですか……」

喜作の顔に安堵の色が浮かんだ。

「ああ、町方に旗本の調べは難しい。やすやすできることじゃねえ。辻村様を調べるには手こずるはずだ」

「ですが親分、辻村様は小浪には会っちゃいませんよ」

又兵衛だった。

「そこよ。町方はいずれ小浪の身許を知り、〝瀧もと〟に聞き込みをする。それから、真っ先に調べなきゃならねえのが、辻村様だ。もし、今日のうちに町方が小浪の身許を知ったとしても、辻村様への調べを入れるのは早くて明日、もしくは明後日ってことになるはずだ。おれたちゃ、その分暇を稼げる」

「暇を稼いでどうすると……」

へへッと、三重造は口の端に笑みを浮かべて、又兵衛を見る。

「辻村様の調べができなきゃ、町方はそれから先には進めねえはずだ」

又兵衛の片眉がひくっと上に持ちあがり、額に深いしわが彫られた。

「まさか、辻村様を……」

「そうするしかねえだろう。死人に口なしだ」

「そうなると、そのこともうまくやらないと……」

「こっちには腕の立つ小津さんがいる。あの人の出番だ」

小津とは、三重造が食客にしている小津弥一郎という剣客だった。

「どうだ又兵衛、他になにかいい手立てがあるか？」

三重造は又兵衛の顔を食い入るように見つめた。

しばらく考えていた又兵衛だったが、

「……それしかありませんか」

と短く応じた。

「よし、喜作」

「へえ」

「おめえは旅に出るんだ。江戸を離れてほとぼりの冷めるまで帰ってくるんじゃねえ」

「どこへ行けと……」

「どこでもいい。それはてめえが考えることだ。いやだっていうなら、てめえを……」

三重造が長脇差《ながわきざし》に手をかけたものだから、喜作は慌てて後ろにさがり、

「親分のおっしゃるようにいたしやす」

と、頭を下げた。

「路銀をわたしてやるから、すぐに発《た》て」

「まことに……」

三

伊兵衛は十内から小浪の死体が見つかったことを知らされて、顔色を失った。

「調べているのは、おまえもよく知っている服部洋之助だ」

「あの旦那が……」

「本所方も目の色を変えているから、小浪の身許はすぐに知られるはずだ」

「すると、わたしにも調べが……」

伊兵衛は能面顔で生つばを呑み込み、部屋のなかに視線を彷徨わせた。伊兵衛は内密な話なので、人払いをしていた。

帳場のほうで、番頭と客のやり取りする声がかすかに聞こえる。台所のほうでは、賄《まかな》いの支度をしている音がする。

「もし、調べが入ったら、わたしは何と答えればいいんでしょう」

伊兵衛は不安を隠しきれない顔を十内に向ける。

「そこが問題だ。おまえは小浪を殺してはいない。そうだな」

「もちろんです。まかりまちがっても、いや天に誓ってもわたしは殺しなどいたしておりません」

「小浪と会った晩のことだが、おまえが寮に行ったことを知っているものはいるか?」

「店のものは知りません。何もいっておりませんので……」

「誰も知らないということか」

いえ、と短く答えた伊兵衛は、言葉をついだ。

「船頭が知っているかもしれません。柳橋の船宿で舟を仕立てたんです。でも、使った船頭がわたしが向島の寮に行ったかどうか、それは知らないはずです。あっ……」

「どうした?」

「いけません。わたしは寮のそばの料理屋に仕出しを頼んでおりました。出羽《でわ》屋の鯉料理などを注文しておりまして……」

「出羽屋のものは小浪に会っているのか?」

「いえ、小浪が来る前に料理は届けられていますから……」

十内は短く嘆息した。

(まだ、救いがある)

と、胸の内でつぶやき、煙管に火をつけて紫煙を吹かした。

「すると、小浪はどうやって堺屋の寮に行ったんだろう？　それは知っているか？」

「はい、案内してくれた人がいたといいます。ですが、その人がどんな人で名をなんというのかは聞いておりません。小浪を迎えに来た人だというのはわかっていますが……」

「寮には舟で……」

「おそらくそうだと思います」

「小浪を店に迎えにゆき、寮に案内したものは、三重造の子分ではないのか」

「それは……わかりません」

十内は煙管の雁首《がんくび》を灰吹きに打ちつけて、しばらく沈思した。

伊兵衛が不安を隠せない顔で見てくる。

「とにかく小浪の身許が知れたあとで、町方はあれこれ聞きにくるはずだ。おまえがもし、寮にいなかったと嘘をついても、それはいずれわかってしまう」

そんなことをいう十内に、伊兵衛はすがるような視線を向ける。

「服部さんはこの店の面倒を見ているのだったな」

「はい、付け届けはきちんとわたしておりますので、よく目にかけてくださいます」

洋之助のことだ。きっと過分な付け届けを要求していると思われる。

「すると、少しは便宜を図ってくれるかもしれぬな。救いはそれだけだが、だからといって安心はできない。おまえが小浪と寮にいたことが知れれば、おまえには殺しの嫌疑がかけられるのは必至だ。もちろん、殺していないといっても、しつこい追及を受けるだろう。服部さんのことだから、へたをするとおまえを下手人に仕立てるかもしれぬ」

「そんな、わたしは殺しなどはいたしておりません」

伊兵衛は這うようにして身を乗りだした。

「嫌疑を受けず、身の潔白を晴らすためには、小浪を殺した下手人を先に見つけることだが、はたしてそううまくいくかどうか……」

十内は人さし指で唇をなぞり、伊兵衛を静かに見つめた。

「これはひょっとすると……最初から仕組まれていたのかもしれぬ」

「ど、どういうことでしょう……」

「三重造だ。おまえは小浪のことで三重造に相談に行った。そのことをうまく利用されたのだ」

「へッ……」

「おまえは江戸有数の紙問屋の主だ。それに三重造の賭場に行き、かなりの金を遣っている。三重造にとってはいいカモだ。だが、このごろは負けが込んでおまえは賭場から足を遠ざけている。そうだな」

「ここしばらくは控えておりました。おとっつぁんや支配人がうるさくいいますから……」

「ふむ。そうなると、ますます三重造が仕組んだと考えていいかもしれぬ。小浪とおまえの仲を取り持つだけでは、旨味がない。そこで、二人を会わせて、小浪を殺し、おまえを救うことで借りを作らせる。あとはそれを利用して、堺屋から金を吸いあげる。いやいや、ひょっとすると端ッからそのつもりだったのかもしれぬ」

「そんな……」

「小浪をおまえに紹介したのは三重造だったな。おれはそう聞いたが……」

「さようです。いい女がいるから会わせたいといわれまして、それで〝瀧もと〟に連れて行ってもらったのです」

「そこで、おまえは小浪に一目惚れをして忘れることができなくなった」

「……はい」

「しかし、三重造もしくじっていることになりはしないかな……」

「は？」

「やつはおまえが殺しの嫌疑をかけられることを避けるために、小浪の死体の始末をした。うまくやったつもりだろうが、死体が見つかってしまった」

「………」

「小浪の身許がわかれば、いずれおまえへの調べも入る。もちろん三重造にも調べが入る。三重造は白を切るだろうが、へたをすると罪をおまえになすりつけるかもしれぬ」

「そんな……」

「いや、油断はできぬ。もし、三重造が小浪の死体を埋めたことが知れれば、やつの身も危ない。死体隠蔽《いんぺい》だけならまだしも、おれの推量があたっていれば、重い謀計を企てたことになる。そうなれば磔《はりつけ》だ。また死体の始末を三重造に頼んだおまえにも、重い刑がくだされよう」

「そ、そんな……わたしはただ……」

「いいわけは通用せぬ。殺された小浪を見て、気が動転したとはいえ、おまえは三重造に死体の始末を相談したのだ」

十内に遮られた伊兵衛は、顔を凍りつかせた。

「それじゃ、わたしはいったいどうすれば……」

「もし、助かりたければ、いますぐに自首することだ」

「自首……」

「だが、そうなるとおまえが下手人になってしまうかもしれない。小浪を殺していなくても、殺したことに……」

伊兵衛はぶるっと体をふるわせ、がばりと両手をついた。

「いやです。何度もいいますが、わたしはそんな恐ろしいことはしておりません。早乙女様、お願いです。わたしを助けてください。殺してもいないのに下手人になるなんて、そんなことはいやです」

伊兵衛は目に涙を浮かべて懇願する。

「救いはひとつだけだ」

「なんでしょう……」

伊兵衛は涙目を光らせて十内を見る。

「真の下手人を探すことだ。それも、小浪の身許が町方に知れる前に。町方が知ったとしても、おまえにお訊ねのある前に探さなければならない」

「で、では、そうしてください。わたしを助けてください。頼りは早乙女様だけです」

十内は冷め切った目で伊兵衛を見た。

「三重造も、小浪の死体が見つかったことを知っている。あいつもいまは慌てているだろう。ひょっとすると、すべてのことを揉《も》み消すために、おまえの口を封じるかもしれない」

「へッ……そんな……」

「伊兵衛、いいかよく聞け。おれはこれより、小浪殺しの下手人を探すが、もし三重造から呼びだしがあっても出て行くな。仮病でもなんでもいいから理由をつけて断るんだ。さもなければ、おまえの命が危ない。わかったな」

「は、はい。おっしゃるとおりにいたします」

「それからもうひとついっておく。これからのことがうまくいくかどうかわからぬが、首尾よくいった暁には、博奕をやめ、よそ見をしないで、仕事一途になり奉公人を含めた身内を大事にすると誓えるか」

「ち、誓います。なんでもやります。もう死んだ気になって一生懸命やります」

四

蜩の声が満ち、飯屋・栄の前には赤とんぼが舞い交っていた。

傾きかけた軒庇は夕日に染まり、開け放たれた戸口からあわい光の条《すじ》が土間にのびていた。

十内が店に入ると、土間席の隅に孫助の顔があった。いつものように酒をちびちびと飲んでいた。

「わかったか?」

十内は孫助の前に座るなり聞いた。

「へえ、おおよそのことはわかりやした」

孫助は肴《さかな》にしている煮豆をぽいと口に放り込んだ。

十内は店のなかを眺めた。まだ、客は少ない。入れ込みで職人風の男が二人安酒を飲んでいるだけだった。

「教えてくれ」

新しい銚子が運ばれてきたあとで、十内は催促した。

「三重造は、花川戸で売り出した博徒ざんす。裏では何をやっているかわかりませんが、近所では目立った悪さはしていないようです。子分は十人ぐらいのようで、小津弥一郎という浪人が用心棒についていやす」

「稼ぎは?」

「博奕と商家のみかじめってとこでしょうか。強請《ゆすり》や脅しもやっちゃいるでしょうが、細かいところまではわかりませんで……」

「開帳場は決まっているのか?」

「いくつかあるようですが、このところは辻村格之進という旗本の屋敷を使っているようなことを聞きました」

「誰から聞いた？」

「開帳場の客です。賭場の客はそれとなく、あたしには匂いますから、声をかけるとあたりィというわけで……」

十内は伊兵衛からどこの賭場に出入りしていたのか聞いておくべきだったと思ったが、それはもう一度会って聞けばよいことだった。

「わかっているのはそれぐらいです。もっと調べてくれと先生がおっしゃるなら、あたしはなんでもしますが……」

十内は少し考えた。だが、これ以上孫助を使ってもたいした役には立たないだろうと思った。それに、以前孫助には危ない目にあわせている。

「よくやってくれた。またなにかあれば相談する。礼だ。取っておけ」

十内は小粒を手わたした。

「へへッ、いつも先生にはお世話になりやす」

「飲みすぎるな」

表に出ると、もう日が落ちていた。

（急がなければならない）

そう思う十内は〝瀧もと〟に足を向けた。町方が小浪のことをどこまで調べているか気になるが、小浪の身許が割れる前に、聞くことを聞いておかなければならなかった。

柳橋の花街には軒行灯がともされ、宵闇の風が清掻《すが が》きの音を流していた。料理屋の前に盛られた塩が目を惹《ひ》き、暖簾をくぐっていく客の姿が見られた。

「いらっしゃいませ」

十内が〝瀧もと〟を訪ねると、腰を低くした番頭が丁寧に頭を下げて迎えてくれた。

「話には聞いていたが、なるほどなかなかよい店だ」

十内は店の奥につづく廊下や、式台わきに飾られている生け花を見て褒めた。上がり框から式台、そして廊下の板も柱もぴかぴかに磨きあげられている。壁には花鳥風月の絵が飾ってあった。

「この店に小浪という女がいると聞いたんだが、席に呼べるか？」

「小浪でございますか……」

番頭はにわかに顔を曇らせた。

「評判の芸者だと聞いたからな、おれもおこぼれに与《あずか》ろうと思ってな」

「それが休んでおりまして、今夜は無理なんでございますが……」

「休んでる……。体でも壊しているのか？」

白々しいが、そう聞くしかない。しかし、これで町方がまだ来ていないことがわかった。つまり、小浪の身許はまだ割れていないのだ。

「そういうわけではありませんが、なんでしたら別の芸者もいますので……」

「いや、小浪がいないのならまた出なおそう」

長居は無用であった。

十内が店を出ようとしたとき、膝切りの着物に股引《ももひき》姿の男が入れ替わるように飛び込んできた。十内はそのまま店を出たが、すぐに足を止めた。

店に入ったばかりの男が、

「番頭さん、やっぱり小浪さんはまだ家に帰っておりません。いったいどこに行ったのやら……」

と、いう声が聞こえてきたのだ。

「困ったね。いまも小浪をお名指しされたお客があったばかりなのに……。今夜でもう何日目だね。こんなことはなかったのにね……」

「もう少し探してみましょうか」

「頼む。このままじゃお客様への断りが利かなくて困ってしまう」

番頭にいわれた男はすぐに表に出てきた。十内はその男をやり過ごすと、少しあとを尾けてから声をかけた。

「なんでございましょう」

老けた小男だった。

「いま小耳に挟んじまったんだが、小浪の行方が知れないのか。いや、おれはたったいま小浪を名指ししたばかりなんだ」

十内は男に近づいた。相手は十内を値踏みするように見てくる。

「別にあやしいものじゃない。今夜は小浪の酌を受けたいと思っただけだ。おれは早乙女というものだ」

「へえ、あっしは小浪さんの箱持ちをしております千吉と申します。じつは小浪さんが行方知れずとなっておりまして……」

「行方知れず?」

「先日、小浪さんを贔屓にしてらっしゃる、お旗本の辻村格之進様のお使いがやってきて呼ばれたんですが、そのまま帰ってこないんです」

ここでも辻村格之進の名が出た。十内は眉宇をひそめた。

「いったいどうなっているのかわかりませんで……」

「それじゃその辻村って人の家にでもいるのではないか」

「いいえ、それが変なんです」

「変？」

「辻村様は畳奉行をやっておられるお旗本なんですが、二日前から家を留守にしてお帰りは明日なんです」

「その旗本と小浪が出かけているんじゃないのか」

「いいえ、辻村の殿様はお役目で藺草《いぐさ》の出来具合を見に出かけておられるんです。お役目ですから、まさか芸者を連れては行かれないはずです」

それはもっともだろう。

「それにしても困ったことだな。早く見つかればよいな」

「へえ、まったくもって……」

千吉はぺこりと頭を下げて行ってしまった。

その後ろ姿を見送った十内は、

(辻村格之進……畳奉行……)

と、胸の内でつぶやいた。

小浪を呼びだしたのは辻村格之進の使いである。すると、三重造は、伊兵衛と小浪を会わせる手引きを辻村格之進に頼んだということなのか……。なぜ、そんな面倒なことをしたのかわからないが、こうなったら辻村も調べるべきだ。

十内は遠くの空を見た。すでに日は暮れ、月が浮かび、星たちが散っていた。

五

「どうだった?」

三重造は中之郷瓦町の自身番の様子を見に行っていた、万吉《まんきち》という子分が帰ってくるなり聞いた。

「まだ、町方はわかっていねえみたいです」

「そうか……」

わずかだが三重造は胸をなでおろした。何としてでも、小浪の身許が割れる前にやることをやらなければならないという焦《あせ》りがあった。

「もう、この刻限だ。町方も動いちゃいめえ。こうなると、今夜か明日が勝負だ。それにしても……」

三重造はへの字に曲げた口に煙管をくわえ、苛々と貧乏揺すりをする。

「親分、ツキはまだ落ちたわけじゃありません。ここは、茂兵衛《もへえ》の帰りを待ちましょう」

のんびり顔でいうのは又兵衛である。ふうと、湯気を吹いて淹《い》れ立ての茶を飲む。

そんな又兵衛を三重造はにらんだ。

「又兵衛、てめえ他人事《ひとごと》のようにいいやがって……。もしものことがありゃ、てめえだって無事にはすまねえんだ。そのことわかってるんだろうな」

「重々わかっておりやす。ですが、いくら慌てたからといってよくなるもんじゃないでしょう」

「腹の据わったことをいいやがる。すると、てめえには何かいい知恵でもあるっていうのかい」

三重造は貧乏揺すりをやめ、鰓の張った又兵衛をにらみつける。

「……今夜はうまくやり過ごせたとしても、明日町方が死体を小浪だと知ってしまえば、逃げるのみでしょう。江戸にいたんじゃ、縄を打たれるのを待つようなもんです」

「逃げるというのか……」

「他に手はないはずです」

又兵衛は冷めきった顔でつづける。

「辻村様の口封じができず、小浪のことが知られれば、堺屋伊兵衛を始末しても同じことです。親分、考えてもごらんなさい。親分は辻村様と〝瀧もと〟に何度も通っている。そしてそのたびに小浪を名指ししている。それだけで調べが入るのは当然のことでしょう。もちろん、町方は真っ先に辻村様に聞き込みをかけるでしょう。店にわたりをつけた喜作は、辻村様の名を使っているんです」

「だから、辻村様の口を封じようとしているんじゃねえか。そうすりゃ、いくらおれのところへ町方が来たって、知らぬ存ぜぬだ。堺屋伊兵衛がぺらぺらしゃべったって、おれがわたりをつけた証拠もねえ。死体の始末をした証拠もねえ。つまるところ、堺屋は命ほしさに出鱈目《でたらめ》をいっているという筋書きになるじゃねえか」

「おっしゃるとおりです。だから、辻村様の始末を考えているんでしょう」

又兵衛は臆せず三重造を見る。

「そういうことだ」

「今夜か明日のうちに、辻村様の始末ができなきゃ、逃げるしかないってことじゃありませんか」

「うむ。ま、そうだな……」

三重造は足の親指をにぎって、ぐるぐるまわした。たしかに、又兵衛のいうとおりである。旨味のある江戸を去るのは気が進まないが、しかたないのかもしれない。

「それにしても野郎は遅いじゃねえか」

三重造は辻村家に走っている茂兵衛の帰りを気にした。

しかし、茂兵衛はそれからすぐに帰ってきた。

「親分、辻村様は留守をしていましたが、先ほど帰ってきました。何でも役目で下《しも》総《うさ》のほうに行っていたらしいんですが、早く仕事が終わったようなことを……」

「帰って来たのがわかりゃいい」

三重造は遮って立ちあがり、

「又兵衛、たしかにおれのツキは落ちていねえようだ」

にやりと口の端に笑みを浮かべ、さらに言葉を足した。

「おい、小津さんを呼んでくるんだ。いや、おれが行く。それから又兵衛、ついてこい」

三重造と又兵衛はすぐに花川戸の家を出た。

用心棒として食客にしている小津弥一郎は、源七郎という子分といっしょに、近くの居酒屋で待機していた。

又兵衛が、その居酒屋に二人を呼びに行くと、すぐ表に姿を見せた。

「小津さん、出番ですぜ」

三重造がいうと、小津は片頰に不気味な笑みを浮かべた。

「酒はさして飲んでおらぬ。それに相手のこともわかっている。だが、首尾はいいんだろうな」

「ご心配なく。手引きは久兵衛《きゅうべえ》がうまくやってくれます」

久兵衛というのは辻村格之進の屋敷で中間奉公をしている、三重造の子分だった。辻村邸を開帳場にするときは、この久兵衛が話をつけることになっており、また三重造の相談や酒席への誘いも久兵衛が仲介役となっていた。

三重造ら一行は、花川戸から辻村格之進の屋敷に足を進めた。提灯を持つのは源七郎だけだ。それぞれの腰には長脇差がぶち込まれている。

もっとも小津弥一郎だけは大小だ。

足を急がせた一行は、神田花房町《かんだはなぶさちょう》にある石置き場前で立ち止まった。すぐそばに筋違橋《すじかいばし》がある。その橋の御門が月あかりを受けていた。

「小津さん、あとは頼みます。辻斬りに見せかけりゃすむことです」

「わたりは誰がつける？」

「又兵衛がいっしょに行きます。おれと源七郎はそこの店で待っていやすから」

三重造は近くにある居酒屋を目顔で示した。

現場に同行しないのは、三重造がその店にいたという証拠を作るためだった。

「よかろう」

小津は鼻梁《びりょう》の高い整った細面でうなずいた。

すぐに、小津と又兵衛が筋違橋に向かっていった。その後ろ姿を見送る三重造の表情はかたくなっていたが、勝算はあると踏んでいた。

小津弥一郎は辻村格之進の顔を知っているが、辻村は小津と顔を合わせていない。三重造は襲撃の際には、頭巾を被るように小津に注意を与えている。もし、三重造への調べがあっても、辻村は辻斬りにあったといえばすむことだ。

「うまくいきますかね」

小津と又兵衛を見送っていた源七郎がつぶやくような声を漏らした。

「心配ねえさ。小津さんは馬庭念流《まにわねんりゅう》の達人だ」

三重造が源七郎に応じたとき、小津と又兵衛の姿が筋違御門に消えた。

六

気は進まなかったが、実家を訪ねるのが一番手っ取り早いことだった。

十内は九段坂を上ると、千鳥ヶ淵沿いの道を拾い、実家のある一番町に入った。

町屋とちがい武家地はひっそりと静まっている。すだく虫たちの声が聞こえるだけだ。

急ぎ足でやってきたので、うっすらと汗ばんでいたが、夜風がその汗をおさえてくれた。

実家の門は閉まっていたが、脇の潜《くぐ》り戸には鍵がかかっていなかった。

(無用心な)

心中でつぶやいて玄関で訪《おとな》いの声をかけると、すぐに中間の駒兵衛《こまべえ》が戸を開けてくれた。

「十内様、お久しぶりではありませんか」

「うむ。父上はおられるか」

「へえ、夕餉をすまされて、自室で読書をなさっています。ちょっとお待ちください、いま濯《すす》ぎを持ってまいります」

駒兵衛の持ってきた水盥《みずだらい》で足を洗っていると、母の多恵《たえ》がそばにやってきた。例によって小言を重ねる。

「いい加減帰ってきたらいかがです。父上にも何かいい考えがおありのようなのですよ。何も好んで市中で暮らして苦労することはありませんでしょうに」

「苦労とは思っておりませんよ」

「浪人のような暮らしをしているというではありませんか。ちゃんと仕官の口もあるのです。養子縁組の話もたびたびまいっているのですよ」

「母上、そのことはまた今度にしてください。今夜は急ぎの用がありますゆえ」

母親を遮った十内は、そのまま父・主膳《しゅぜん》の部屋を訪ねた。

文机で読書中だった主膳は、にこりともせず十内を招き入れると、読んでいた本をぱたりと閉じた。

「こんな時刻に何用だ？」

愛想のないことをいう主膳だが、その顔に嫌みはなかった。表右筆組頭《おもてゆうひっくみがしら》をしている主膳は、幕閣内に顔の利く几帳面な男で、役目柄、幕臣のことに詳しかった。

「教えていただきたいことがありまして、今夜はやってまいりました」

「たまに帰ってきたと思ったら、可愛げのないことを……ま、よかろう。なんだ？」

「はッ、父上は御畳奉行の辻村格之進様をご存じでしょうか？」

「無論知っておる。もっともその人柄や人望がいかほどのものであるかは、たとえ倅であろうということはできぬが、辻村殿がいかがした？」

　主膳は大名家の分限帳《ぶんげんちょう》や幕臣の名簿などを管理している。畳奉行を知っているのは当然のことだった。

「些細なことですが、辻村様のお屋敷に行儀見習いに行きたいという商家の娘がいます。辻村様の知己を得たからのようですが、はたして出していいものかどうかと親が迷っておりまして……」

「その相談をおぬしが受けたと、そういうことであるか」

「いかにもさようで……」

「ふん、見えすいたことを……」

　やはり父にはいい加減な嘘は通じなかった。十内は顔をうつむけるが、

「決してやましいことではありません。お屋敷だけでも教えていただきとう存じます」

　と、押しの一手でお願いをした。

「教えるのはいとも易《やす》きことであるが、その前にいっておきたいことがある」

　主膳が体ごと顔を向けてきたので、十内はあらためて姿勢を正した。

「わしは常々おぬしのことを気に病んでおる。ひょっとすると、家督を継げぬおぬしが兄・伊織に対して僻《ひが》みや嫉妬《しっと》をしているのではないかと危惧《きぐ》するのだ」

「決してそのようなことは……」

「ま、聞け」

主膳は遮ってつづけた。

「なによりおぬしはわしに断りもなく家を飛び出してしまった。もし、伊織を妬《ねた》んだとしてもわしは何もいわぬ。武家において次男や三男は冷や飯を食うのがならいだ。それはしかたのないことだ。しかし、悲観してはならぬ。人は人としての生を受けている。その生をまっとうすることは尊いことだ。いかに生きるかは、長男だから次男だから、あるいは男だから女だからといって変わることではない。武士も百姓も、みなおしなべて同じように生きる権利がある」

「それはどうでしょうか……」

「きれい事をいうのではない。生きるうえで楽しいこともあれば、苦しいこともある。おぬしは生まれのちがいで、幸不幸が分かれるといいたいのであろうが、そう思う心がそもそもまちがっておるのだ。もちろん、生まれながら恵まれているものと、そうでないものはいる。恵まれているものは、えてして貧しいものの気持ちがわからぬものだ」

「それはよくわかります」

「恵まれすぎているゆえに、自分の本来あるべき姿を見失うことも多々ある。幸薄い家に生まれたものは、己を嘆き悲しみ、自棄《やけ》になりさらに心を貧しくしてゆく。しかしながら、みながみなそうだというのではない。どんなに貧しく苦しい家に生まれようと、立派に生きるものもいる」

「………」

「大切なのは己を高めようとする心を持つことだ。富めるものも貧しきものも、いま置かれている立場に満足することなく、常に前を向いて生きなければならぬ。十内」

「はい」

　十内はシャキッと背筋を伸ばす。

「もし、まわりのことが見えなくなったら、おぬしの心に曇りがあるからだ。もはや、わしはおぬしがどんな暮らしをしようが、口を挟む気はない。それはおぬしがよくよく考えて選んだ道だと思うからだ。だが、これだけは約束してもらいたい」

「何でございましょう」

「どんなことがあろうと、心を腐らせず常に己という人間に磨きをかけてもらいたい。高望みをすることはない。曇りない生き方をしてほしいということだけだ」

話し終えた主膳は、静かに十内を見つめた。

「よくよく心得ることにいたします。ただ父上、わたしめにもいっておきたいことがあります」

「何か存念でもあるか?」

「いえ。いまの言葉ありがたく頂戴いたしますが、わたしは父の名や家名を汚すようなことは決していたしません。ただ、それだけは信じてもらいたく存じます」

「おぬしはわしの子だ。もとより信じておる」

主膳は厳しくしていた顔に、やわらかな笑みを浮かべると、

「少し待っておれ。辻村殿のことを教えてやる。もっとも家屋敷がどこにある程度ではあるが……」

といって、文机の横に積んである帳簿類から一冊を抜きだした。

七

父・主膳と面談のあと、十内は母・多恵の小言とも取れる話に付き合わされた。早く暇を告げたかったのだが、むげにもできず、恐縮の体《てい》で話を聞き流していた。

多恵のいうことはいつも同じである。養子縁組の末の仕官、市井《しせい》に身を投じていてもうだつがあがらない、行く末はどうするのだ、母としてよき縁談話を断るのはつらいことなどなど……。

しかし、それは子を思いやる親の言葉だと思えば、

「母上、おっしゃりたいことはこの十内も自分なりに考えておりますゆえ、無用に気をまわさないでください」

と、逆に思いやりの言葉をかけるしかなかった。

それにしても、肩が凝ったと、十内は屋敷表に出るなり腕をぐるぐるまわし、首を左右に倒して、骨をぽきぽき鳴らした。

提灯をさげた十内は足を急がせていた。今夜のうちに、もう一度伊兵衛に会って

おきたかった。明日にでも町方は小浪の身許を割りだすはずだ。そうなった場合のことを相談しないと、伊兵衛の立場はますますひどくなるばかりだ。

とんだことで忙しくなったと思う十内だが、これも百両のためだと思いもする。もっとも、いまは伊兵衛の父・惣右衛門からの相談事より、小浪殺しの一件をいかに解決しようかということに頭を悩ませていた。

三重造というやくざがどう動くかわからないが、辻村格之進と三重造の関係を探っておきたい。しかし、いまは役目出張中で江戸に帰ってくるのは明日だというから、今夜あわてて会う必要はない。

ただ、父・主膳に教えてもらった辻村の屋敷だけはたしかめておく必要があった。

十内は九段坂を駆けるように下ると、駿河台《するがだい》の辻村家へ足を向けた。空には月が皓々《こうこう》と照っている。月は欠けはじめているが、まだ丸みはある。

十内は坂道にかかった。このあたりは武家地で、殊《こと》の外静かだ。それでも屋敷内の庭から虫たちの声がわいている。

駿河台はお城のほぼ東方にある丘陵地帯なので、坂が多い。武家屋敷地が切れると、ところどころに小さな林があり、地蔵尊や稲荷社も散見される。

なだらかな坂を上ったり下ったりしながら駿河台上に到着したのは、宵五つ（午後八時）の鐘が聞こえて、小半刻ほどしたときだろうか。

（たしかこのあたりのはずだが……）

と思って、武家地の小路を歩いてゆく。辻番があったので、番人に訊ねると、つぎの小路を右に折れたところだという。富士見坂の上のあたりだ。

屋敷の下見をするだけであるが、十内の口から「やれやれ」と、思わずぼやきが漏れる。

（おれも熱心なものだ）

と、思いもする。

角を曲がりここかと思ったとき、表門の潜り戸から出ていく影があった。影はそのまま表で待っていたひとりの男と連れだって、北のほうへ歩いていった。

潜り戸から出てきたのは、身なりから屋敷の侍のようだった。表で待っていたのは、使用人のように見えた。

十内は冠木門《かぶきもん》の前に立った。百俵高、十五人扶持《ぶち》だから、父・主膳よりは格下になるが、それなりに立派な屋敷だった。

明日はもう一度ここに来なければならぬと思い、門前を離れたとき、

「何やつ？」

という、尋常ならざる声が聞こえた。

十内は敏感に声のほうに顔を向けた。

さっきの二人が歩き去ったほうである。急ぎ足になって角を曲がると、甲賀町《こうがちょう》に向かう道で黒い影が二つ、抜き身の刀を構えて対峙《たいじ》していた。

ひとりは青眼に、もうひとりは右八相に構えているが、青眼に構えた男はじりじりと下がっている。十内は駆けた。

「何ごとだ……」

声をかけた瞬間、右八相に構えていた男の体が地を蹴って躍った。

対する相手は腰が砕けるようにさがり、そのまま尻餅をつき、

「た、助けてくれ」

と、情けない声を漏らし、相手が撃ち下ろしてくる剣をかろうじて右に払った。

「やめぬかッ」

十内は提灯を高く掲げて、攻撃に移ろうとしている男を見た。頭巾を被っていて、

顔は見えなかったが、目に狼狽《ろうばい》の色があった。それでも、男に引き下がる様子はない。

「辻斬りだ」

尻餅をついている男が地を這うようにして、背後の屋敷の壁に背を預けた。すかさず、十内は間に入った。逃げる男を庇《かば》うように、頭巾の男の前に立ち塞がったのだ。

「手出し無用だ。それともきさまも斬り捨てられたいか……」

男の声は頭巾のせいでくぐもっていた。それにしても総身に殺気をみなぎらせている。

「何をッ。辻斬りとは許せぬ所業」

そういった十内が提灯を足許に置こうとした刹那、刃風をうならせて頭巾の男の刀が襲いかかってきた。

十内は小腰になりながら、鞘走らせた刀で相手の刀を下からはねあげた。

チンと、金音がひびき、火花が散った。

一撃をかわされた男は半間ほどさがり、頭巾からのぞく目をぎらつかせた。

「斬る」

短く吐き捨てるようにいった頭巾の男が、一足飛びで斬りかかってきた。

十内は迅雷《じんらい》の一撃を打ち払って、相手の肩を狙《ねら》おうとしたが、ほんのわずか間に合わなかった。払い下げにいった太刀《たち》を逆に払われ、すぐさま体勢を整えようとした瞬間に、左の腕に熱いものが迸《ほとばし》ったのだ。

十内の左腕が斬られていた。流れ出る血が、腕をつたい袖を染めるのがわかった。

「こやつ……」

十内は刀の柄をじわりとにぎりなおし、爪先に向けていた刀をゆっくりあげていった。そのまま青眼から大上段に振りあげる。天をさす剣尖《けんせん》がキラリと月光をはじいた。

十内は久しぶりに闘争心を燃やす目になり、右足をわずかに引いた。

そのとき、頭巾の男の構えが変わったことに、目をみはった。

第六章　闇夜

一

頭巾の男は足を大きく開き、構えた剣を支点に、三角の形を作った。

十内は相手の腕が並ではないと悟ってはいたが、さらに気を引き締めなおした。

(馬庭念流か……)

馬庭念流には油断ならぬ極意がある。もっとも、目の前の敵がその極意を会得しているかどうかはわからないが……。

頭巾の男は特徴ある構えに移ると、自ら仕掛けようとしてこなかった。これは守りに徹しながら、絶妙の間で反撃をするためであった。

十内の剣はどちらかというと攻撃型である。さらに、会得している神道無念流《しんとうむねんりゅう》は胴に弱点があるとされていた。

現に大上段に構えた十内の胴は、がら空きであった。

腕を高くあげているので、斬られた傷口の血が肩に滑ってくる。しかし、腕に力を入れることができるから、傷は浅いはずだ。

十内は後ろに下げていた足をゆっくり引き寄せると、瞬息の勢いで突きを送り込んだ。その刹那、頭巾の男が懐に飛び込んできた。

（いかん、やられる）

危機を悟ったときは、相手の剣先が十内の胸を抉《えぐ》るようにのびてきた。

しゅっ……。

頭巾の男の刀が袖口を切り裂き、脇をすり抜けていった。まさに紙一重の差で、十内は身をやわらかくひねっていたのだ。そのことで凶刃から逃れることができたのだった。

しかし、安心している場合ではなかった。間合い一間あるかないかの距離で、向かいあった二人は同時に斬撃《じだ》を送り込んだ。

ガチンと、鋼《はがね》の音が耳朶をたたき、閃光《せんこう》が散った。両者は鍔迫《つばぜ》りあいを嫌うように、背後に下がった。

すでに十内の息はあがっていた。肩を上下させて呼吸を整えるが、それは頭巾の男も同じだった。

（勝機はここで休まぬことだ）

そう思った十内は、すり足を使って間合いを詰めた。一寸、また一寸……。

頭巾の男はつられて詰めてくるかと思ったが、逆に下がりはじめた。

「くそッ。きさまの顔は忘れぬ」

頭巾の男はそう吐き捨てると、すすっと下がるなり背を見せて駆け去っていった。

相手の姿が闇に溶け込んで見えなくなると、十内はわずかに腰を引き、刀を鞘に納めた。

「大丈夫でござろうか……」

襲われた男を振り返ると、相手はほっと安堵の吐息をついて、

「危ないところをお助けいただき、かたじけない」

と、丁重に頭をさげた。

「怪我はありませんか？」

「それより貴殿のほうが怪我をしているのではないか……」

「お殿様」

遮るような声と同時に、ひとりの男が駆けよってきた。さっき、辻村家の表にいた男のようだった。

「大丈夫でございますか？　逃げて助けを呼びに行こうとしたところ、こちらの方が助太刀されるのが見えたのでこわごわ見ていたんです」

「わしはなんともない。それよりこの方の怪我の手当てをしなければならぬ」

「殿様とおっしゃいますと……」

十内は相手を見た。辻村格之進は江戸に戻っていないはずだ。すると、これは別の屋敷の主かもしれない。

「辻村格之進と申す。これはうちで奉公している中間の久兵衛だ。さあ、屋敷にまいられるがよい。まずは怪我の手当てを……」

「いやこれしき、何でもございませぬ」

「いやいや、そういうわけにはまいらぬ。ささ」

十内はそれ以上は断らず、辻村の屋敷に入った。

「わしは役目で下総のほうに行っていたのだが、仕事が思ったより早く終わったので帰ってきたばかりだったのだ。それがこんなことに……まったく気の抜けぬ世の中になった」

辻村は自ら十内の怪我の手当てをしながらそんなことをいう。

そこは玄関を入ったすぐの控えの間だった。心配顔をした久兵衛と、小者二人がそばに座っていた。

「こんな時分に他出されるには、何か急な用でもあったのでしょうか。いや、お役目からお帰りになってそうそうのことのようですから、そう思うのですが……」

「知り合いに会いに行こうと思ったのだ。そうだ久兵衛、この一件をその相手に伝えておかないと失礼になる。一走りしてくれるか」

「はは、かしこまりました」

即答した久兵衛は頭をさげて、部屋を出ていった。

「会いに行こうとしていた相手は、やはり同じお役目の方で……」

ひょっとして三重造だったのではないかと思ったが、十内はそのことは口にしなかった。ここでへたに名は出さないほうが得策だろうと考えてのことだ。

「ちょっとした知り合いだ。今夜でなくとも明日でも間に合う用事である。なに、貴殿が気に召されることではない」

手当ては膏薬《こうやく》を塗った布を傷口にあて、晒《さらし》で巻いて終わりだった。

「傷が浅くてなによりでした。早乙女様とおっしゃるのでしたな。先ほどの礼を改めてしなければなりませんが、どちらにお住まいで……」

「礼など結構です。わたしは偶然通りがかっただけで、傷もたいしたことありません。どうぞおかまいなく」

「それでは礼を失することになる」

辻村は生真面目な顔を向けてくる。役目での出張が多いのか、福々しい顔はよく日に焼けていた。

「では、少し待たれよ」

辻村は短く考えたあとで、奥の間に下がった。その間に、十内は小浪のことや三重造との関係を聞くべきかどうか迷った。だが、それは伊兵衛を庇っている以上、いまここで話すべきことではなかった。

もし、服部洋之助が明日にでもこの屋敷に来て、そのことを辻村の口から聞けば、また面倒なことになる。十内は口を閉じておくことにした。

「これは些少だが、そなたはわたしの命の恩人である。こんな礼しかできないが、どうかお納めいただきたい」

膝許に差しだされたのは切餅（二十五両）だった。

「これは望外な……」

と、口でいう十内ではあったが、結局は懐に納めてしまった。

それから、辻村は丁重に門の外まで見送ってくれた。

そのまま富士見坂を下った十内は、さて伊兵衛に会うのは明日にしようかと思ったが、さっき辻村格之進が襲われたことを考えて、

（まさか、伊兵衛も……）

と、いやな胸騒ぎを覚えた。

二

「なに、邪魔が入った……」

三重造は待っていた居酒屋に入ってきた小津の話を聞いて、声をひっくり返しながら大きく眉を動かした。

「思いのほか腕の立つやつで、どうにもならなかった」

辻村暗殺に失敗した小津は、苦々しげな顔で三重造の飲んでいた酒を手酌した。

「くそッ、どうすりゃいいんだ。まさか、久兵衛が裏切ったんじゃねえだろうな」

三重造は又兵衛を見てつづけた。

「又兵衛、久兵衛にはどう話をつけた？」

「どうって、大事な相談事があるからこの店に来てもらいたい、そう告げろといったまでです。それであっしはそのまま帰ってきやしたから……」

「そのとき久兵衛の様子におかしなところはなかったか？」

「いいえ」

三重造は小津と源七郎を見た。

「どうすりゃいいんだ。もう一度呼びだしても、危ない目にあったあとだ。辻村様は来やしまい」

そのとき、開いている戸から店に入ってきた男がいた。久兵衛だった。三重造たちを見つけると、足早にやってきてまわりの客を見た。すっかり酩酊している客がひとり、店の主と女中相手にくだを巻いているだけだった。

「親分、殿様は辻斬りに襲われて、今夜はもう家を出られないといっています。そう伝えてこいといわれましたが、どういたしましょう」

久兵衛は刺客がすぐ目の前にいる、小津弥一郎だとは気づいていないようだ。

「どうもこうもねえ。今夜話ができなけりゃ明日だ。殿様は明日はどうなさるんだ？」

「へえ、詳しくは知りませんが、明日は登城されるようです」

「帰りは？」

「さあ、それは昼過ぎなのか夕方なのか……」

久兵衛は頼りないことをいうが、辻村家に雇われている渡り中間だから主人の行動までは把握していないのだ。

「いったい何があったんです？」

久兵衛は三重造たちを順繰りに眺める。

「久兵衛、殿様は辻斬りにあってどうなった？」

知っていることだが、三重造はあえて訊ねた。

「通りがかった侍が助太刀をしてくれまして、それで無事でした。侍は腕に軽い怪我をしましたが、殿様が手当てをされまして……へえ」

「その侍は知り合いか？」

「いいえ、通りがかりの浪人です。早乙女十内という人でした」

「早乙女、十内……」

三重造が目を剝いてつぶやけば、

「おい、そいつは何もんだ？」

と、小津が気色ばんだ目を久兵衛に向けた。

「さあ、それは……」

久兵衛は首をひねる。

「とにかく家に戻って、あとのことを考える。久兵衛、てめえは屋敷に戻っておれたちの連絡を待て」

そういった三重造は床几から腰をあげた。

堺屋を訪ねた十内は、丁稚の案内で奥の客間で伊兵衛と向かいあったところだった。

「三重造から何か知らせとか呼びだしはなかったか？」

十内は開口一番に訊ねた。伊兵衛は相変わらず落ち着きのない顔をしている。

「何もありませんが……」

「それはよかった。だが油断はできぬ。ところで、おまえは辻村格之進様を知っているな」

十内は伊兵衛をまっすぐ見る。蒼白な顔が燭台の炎に染められていた。

「お屋敷は知っておりますが、お殿様に会ったことはありません」

「その殿様がさっき殺されそうになった」

「えッ……」

驚く伊兵衛は目をしばたたいた。

「おそらく三重造の差し金だと思われる。辻斬りに見せかけて暗殺するつもりだったのだろう」

「なぜ、そんなことを……」

「小浪の身許を町方が知れば、自ずと三重造に調べが入る。だが、その前に辻村様への聞き込みがある。三重造はおまえと小浪を引き合わせるために、辻村様の名を使っている。辻村様は御畳奉行だ。そんな人からの呼びだしならば、店としても小浪を差し向けないわけにはいかない」

「そんなことがあったのですか……」

「明日には小浪の身許が町方に知れるかもしれない。そうなると、おまえへの調べも入る。しかし、それには少しの猶予があるだろう」

「ど、どういうことでしょうか……」

伊兵衛は心許なさそうな顔で膝を詰めた。

「小浪が消えたのは、辻村様の呼びだしを受けた夜だ。以来、小浪は店にも家にも帰っていない。そりゃ当然だ、殺されたのだからな。つまり、町方が真っ先に聞き込みをかけるのは、辻村様だ。だが、辻村様に嫌疑がかかっても、町方は無闇に幕臣を取り調べることができない。調べるにはいくらかの手間がかかる」

「………」

「つぎに町方が調べるのは、小浪の贔屓筋だ。これは片端からあたっていくはずだ。

当然、おまえにも調べが入る。問題はそこだ。おまえへの調べが後まわしになれば、何とかなるが、そうでなければ、逃げ道がない。おまえはありのままを話すしかない」

伊兵衛は喉仏を動かして、ゴクッと生つばを呑んだ。

「そうなると困るのが三重造だ。やつはおまえと小浪が会えるようにわたりをつけた男だ。それに侠気を気取ったやくざものだから、調べは自ずときつくなる。そうなる前に、三重造はおまえを始末しようと思うかもしれない。いや、そう考えるはずだ」

「わたしを……始末……」

伊兵衛はぶるっと体をふるわせた。すっかり顔色を失っている。

「おれはその前に、下手人を探したい。おまえが生きのびる道はそれしかない」

「でも、わたしは決して小浪を殺してなどいません」

「それは通用しないかもしれぬ。三重造はたしかにおまえと小浪を会わせる段取りをつけた。だが、それまでのことであとのことは知らないといえばどうなる。三重造、もしくはやつの子分が小浪を手にかけたという証拠は何もないのだ。そうではないか？」

「そ、そんな馬鹿なことが……」

「これは悪い夢を見ているのではない。ほんとうに起きていることだ。下手人が三重造なのか、やつの子分なのか、それはわからぬ。だが、その下手人を探さなきゃならない。そこで訊ねるが、小浪の得意客を教えてもらいたい。知っている客はいないか？」

十内は蒼白な伊兵衛を見つめる。

「……わ、わたしが知っているそんな客はひとりもいません」

十内は短くため息をついた。伊兵衛から下手人を探りだすのは無理かもしれない。

「寮の場所を詳しく教えてくれ。今夜のうちに小浪が殺された寮を見ておきたい。下手人の手掛かりがあるかもしれぬからな」

伊兵衛は口でいうのは難しいのでといって、半紙に簡単な地図を描いた。そのあとで、泣きそうな顔で十内に訴えた。

「早乙女様、頼りは早乙女様しかいません。どうかわたしを助けてくださいませ。こうなったのはわたしの不徳のいたすところだと、いまさらながらに後悔をしているんでございます。これまで親に甘え、いえ支配人や番頭はおろか、下の手代や奉公人たちにまで甘えて商売をやってきました。好きで親のあとを継いだわけではないので、仕事には身が入りませんでした。人の仕事とはいったいなんだろうと、考えたこともありますが、わたしは恵まれているから、そんな迷いがあったのでしょう」

「ふむ……」

「正直に申しますと、仕事をおもしろいと思ったことはありません。いつでも放り投げたい気持ちがありました。それゆえに、他の楽しいことに目がゆき、放蕩をつづけてまいりました。行きついたのが博奕でしたが、あれは病気のような遊びで、一度旨味を知るとなかなか抜けられません。気づいたときには莫大な金を遣っておりました。そのあとで、小浪という芸者に出会ったのですが、まさかこんなことになろうとは……」

伊兵衛は涙を流しながら話した。

「表向き真面目面をしていたわたしへの天罰が下ったのでしょうが、この危難を乗り越えることができたならば、わたしは一心に商売に身を入れ、女房子供を大事にしたいと思います。いえ、そうしなければなりませんし、きっとそうします。早乙女様、勝手なお願いですが、わたしを救うと思ってどうかどうか下手人を探してくださいませ。お願いいたします、このとおりでございます」

十内は猛省している伊兵衛をさめざめとした目で見たが、惣右衛門からあった「倅を躾なおしてほしい」という依頼はあっさりやってのけたと思った。

しかし、ここで伊兵衛が殺しの容疑者となり、そのまま下手人になってしまえば、惣右衛門からの依頼は完遂できないことになる。

当然、謝礼の百両も水の泡と消える。もちろん金はほしいが、いまの十内は伊兵衛が小浪を殺したとは思っていないし、何とか救ってやりたいという気持ちを強くしていた。

「伊兵衛、おれは父から教えられたことがある。恵まれ過ぎていると、人は本来ある自分を見失うことがあるそうだ。おまえがそうだったのかもしれぬ」

伊兵衛ははっとなり、涙に濡れた目を見開いた。

「父はこうもいった。いまに満足することなく、常に前を向いて生き、どんな艱難《かんなん》辛苦《しんく》があろうとも心を腐らせずに己という人間に磨きをかけろと、そんなことを教わった」

「立派なお教えです。わたしは身にしみてわかる気がいたします」

「とにかくできるかぎりのことはする。だが、三重造にはくれぐれも気をつけろ。わかったな」

　十内は差料《さしりょう》を引きよせた。

三

　堺屋をあとにした十内は、星の散らばる夜空をあおいだ。月はいつの間にか西のほうに移動していた。

　歩きながらこれからどう動くか考える。空腹を覚えたが、飯を食っている暇はないと自分にいい聞かせる。人間寝ずにはたらくことも、ときには必要なのだ。

　三重造をじかにあたるにはまだ躊躇いがあるし、会う理由がいまのところない。探りを入れるとしても、それは何かの証拠をつかんでからの話だ。

　小浪の贔屓客を知りたいが、それを一番知っているのは、箱持ちの千吉と〝瀧もと〃の人間だろう。しかし、へたに探りを入れれば逆に疑いをかけられる恐れがある。

（ふむ、どうするか……）

十内は歩きながら思い悩む。

小浪が殺された堺屋の寮にも行って調べることがある。何かと忙しくなったと思う十内は、疲れも忘れて足を急がせた。

その足は自ずと〃瀧もと〃に向いていた。孫助を使おうかと思う頭には、お夕や由梨の顔も浮かんでくる。

（そうか、女か……）

小浪の贔屓客を調べるには、男より女のほうが適しているかもしれない。へたな疑いをかけられることもないだろう。

そう思った十内は、お夕と由梨の長屋へ急いだ。

「なんだ早乙女さんか。いったいどうしたの？」

戸を開けたのはお夕だった。浴衣姿だが、襟元が乱れており、大きく隆起した胸の谷間がのぞいていた。

「なんだは失礼だろう。ちょいと頼みがある。入るぜ」

十内は土間に入ると上がり框に腰をおろした。芋を頬ばっていた由梨が、急いで茶を飲んで、

「頼みってなあに？」

と、大きな目で見てくる。お夕はあがりなさいというが、十内は断った。

「ここでいい。何かと忙しい身なんだ。それよりおまえたち、柳橋にある〝瀧も〟という料亭を知っているか？」

「知ってるわ」

由梨だった。お夕は知らないという。

「その店に小浪という芸者がいたんだが、行方知れずになっている。探したいんだが、その手立てがない」

この女たちはすぐに口を滑らせそうだから、小浪が殺されたことは伏せた。

「辻村という旗本に呼ばれた晩からわからなくなっているが、他の贔屓客も調べてもらいたいんだ」

「だったら、辻村って旗本に訊ねるのが手っ取り早いんじゃないの」

お夕である。

「それはおれが調べた。辻村様は関係ない。すると、他の贔屓客といっしょだったのかもしれぬ。そこで、おまえたちは小浪の昔からの知り合いということにして、その贔屓客を探りだしてもらいたい」

「ひょっとすると駆け落ちでもしたんじゃないの」

「駆け落ちしたとしても探したいのだ。ただし、これは店から頼まれたわけではない。他の人間から受けた相談事で、しばらく内密にしておきたい。その辺のことは深く聞かないでくれ」

「ふうん、何だかよくわからないけど、早乙女さんの頼みならいやだといえないわね。それでどうすればいいの……」

由梨が黒くすんだ瞳を向けてくる。

「店のものから聞きだしてくれればいい。小浪の箱持ちは千吉というが、そやつも客のことは詳しいはずだ。手間をかけるがやってくれるか。それから、これはおとねの一件の礼と、今度の手間賃だ。取っておけ」

十内は太っ腹になって五両をわたした。いまのところ懐はあたたかい。さらに、すべてが上手くいけばもっと金は入る。ケチるつもりはまったくない。

「こんなに……いいの」

お夕は信じられないという目で十内を見るが、その顔はすぐに嬉しそうにゆるんだ。

「遠慮はいらぬ。これからやってくれるか」

「えッ、これから」

「え、これからなの」

由梨とお夕は同時にいった。

「そう、これからだ。早くしないと店が閉まる。急げ」

十内は立ちあがって戸口を出ようとしたが、すぐに振り返った。

「いいか、うまくやるんだぞ。小浪の昔の知り合いだとか、世話になっていたとか、上手に話を作って疑われないようにしろ。これは大事なことだ。客のことがわかったら、帰ってきてここで待っていてくれ。おれはあとでまた来る」

では頼んだといって、十内は今度こそ二人の家を出た。

（さあ、つぎは堺屋の寮だ）

夜道を急ぐ十内は、妙にやり甲斐を感じていた。

金を稼ぐことでも、惣右衛門の依頼を達成させることでもなければ、伊兵衛を救うことでもない、得体の知れないやり甲斐だった。もしやこれが自分の生き甲斐なのかもしれないという、不思議な感覚があった。

たんなる思いつきではじめた商売だったが、よろず相談所はいい考えだったかもしれないと思うのだ。他人の困りごとを請け負い、それを解決してやるのは悪いことではない。

柳橋にある一軒の船宿を訪ねると、そろそろ仕舞いだといわれたが、無理を聞いてもらって舟を仕立てた。

猪牙舟《ちょき》は夜の大川をゆっくり遡《さかのぼ》り、向島をめざす。舟のかきわける波の音と、ぎっしぎっしと船頭の漕ぐ櫂《かい》の音がする。

舟提灯のあかりが水面で揺れ、町屋のあかりが赤い蛍《ほたる》のように見えた。

大川沿いの夜の風景を眺めながら十内はあれこれ考えたが、いずれにしろ時間との勝負だった。ひとつひとつをかぎられた時間内で処理しなければならない。

三囲稲荷そばの岸に舟をつけさせた。竹屋ノ渡の渡船場である。

伊兵衛に描いてもらった地図を提灯に照らして、寮の位置をたしかめていると、それまで無口だった船頭が声をかけてきた。

「お侍、こんな夜更けにどこへ行かれるんです？」

「堺屋の寮だ。用はすぐすむから待っててくれ」

「堺屋さんの……おかしなもんだ」

十内はひょいと顔をあげて、船頭を見た。

「何がおかしい？」

「へえ、二日前だったか三日前でしたか、堺屋の寮に行くという旦那がこっちに来たんですが、その舟を追ってくれという客を乗せたことがあるんです」

「なに……。おい、その客のことを知っているか？」

「いいえ、あまり見かけない人でした。ここで降ろして、あっしはすぐに舟を戻しただけですから……」

伊兵衛がここに来たのは、小浪に会う日だった。それ以来、伊兵衛は舟を使っていない。つまり、船頭のいう客は、伊兵衛を追ってきたということだ。

「それじゃその客の顔を覚えているか？」

「まあ、会えばわかるでしょうが、あまり人相のよくない人でした。それに無愛想で妙に人を見下した目をしておりましてね」

十内はひょっとして三重造ではと思い、

「大男ではなかったか？」

と聞いてみたが、船頭は首を振った。

「ちょいとそのことを詳しく聞きたいんで、待っててくれ」

十内は岸にあがると、堺屋の寮に急いだ。

四

伊兵衛の描いた地図があったので、堺屋の寮はすぐにわかった。三囲稲荷の南にあり、寮のそばを付近の畑地に引かれた水路が流れていた。

寮には建仁寺垣《けんにんじがき》をめぐらしてあり、柿葺《こけらぶ》き屋根のついた門を入ると、広い土庇のついた玄関まで飛び石があった。脇の枝折《しお》り戸を入ると、そこが庭になっていて、灯籠や小さな池があった。

十内は玄関から上がり込んだ。奥に台所、座敷が四つ、座敷のひとつは居間を兼ねていて、冬場は畳を外して炉が切られるようになっていた。庭を正面に臨む座敷が、伊兵衛と小浪のいた場所だ。その隣の六畳の座敷を、寝間にしたと伊兵衛はいった。

十内はその部屋に入った。畳には藺草の香りが残っていた。たたまれた布団が、枕屏風《まくらびょうぶ》で囲ってある。足許を仔細に見る。足跡などは残っていない。

布団は雑にたたんであった。それを広げてみると、血痕と思われるしみがあった。

小浪はこの布団に横になったところで、何者かに襲われたことになる。

その下手人は手に錐のような凶器を持ち、酒に酔って寝ている小浪に蛇のように近づき、ぼんのくぼのあたりを一刺しした。

（凶器はなんだ……）

十内は部屋のなかをゆっくり眺める。布団をたたんでもとに戻し、障子を開けて縁側に出た。右に玄関がある。

下手人は伊兵衛と小浪が庭に面した座敷で楽しく飲み食いをしている隙に、玄関から忍び込み、小浪を殺す機会を窺っていた。

目的は伊兵衛ではなく、小浪だったということか……。

すると、小浪に恨みを抱いていたものの仕業だと考えていいかもしれない。もし、そうではなく、伊兵衛をはめるために小浪を殺したと考えるならば、真っ先に浮かんでくるのは三重造である。

十内は玄関に戻って、立ち止まった。それから別の座敷に移った。どの部屋もきちんと片づけられ、手入れが行き届いている。寮には全体的に静謐《せいひつ》な雰囲気がある。

台所の棚にはきれいに積まれた皿や丼、小鉢などがあった。ただし、流しには伊兵衛と小浪が飲み食いをした食器が置かれていた。

三重造の指図で片づけられたのだろう。包丁を見るが、凶器に使われた節はないし、包丁であれば、小浪の傷口は、もっと大きくなければならない。

結局、下手人につながるものは何も見つけられず、玄関を出たとき足許にキラッと光るものがあった。

提灯でよく照らすと、笄《こうがい》である。耳かきのついている真鍮製《しんちゅうせい》で、雲龍が彫り込まれていた。龍の部分は金製だが、くすんでいる。

(小浪の落とし物だろうか……)

十内は拾った笄を半紙でくるむと、待たせている舟に戻った。

「堺屋の主の乗った舟を追えといった客のことだが……」

十内は船頭が舟を出してから声をかけた。

「年のころはいくつぐらいだった？」

「そうですね。若くはありませんでした。四十半ばか、もっと上だったか……。目の小さな人です。身なりはそう悪くありませんでしたが……」

「話はしなかったのか？」

「声をかけてもうるさそうな顔をされたんで、あっしも黙っておりやした。おしゃべりの客もいれば、そうでない客もいます。無闇に話しかけるのも考えもんですから……」

船頭は器用に棹を操って舟を川の流れに乗せていた。

「顔を見ればわかるといったな」

「まあ、会えばわかります。ついこないだのことですからね。お侍はどうしてそんなことを……」

船頭は川底に突き立てた棹をあげて聞く。

「調べものをしているだけだ」

「調べもの……。堺屋の寮で何かあったんで……」

「そういうわけではない」

十内はへたにしゃべらないほうがいいと思って、

「考え事をするから、黙っていてくれ」

と頼んだ。船頭はそれきり口をつぐんだ。

伊兵衛は柳橋から舟に乗っている。その舟を追えといった男がいる。その男が下手人なのか？　だとすれば、伊兵衛が小浪と会うことを知っている男でなければならない。そして、その男は小浪を殺して、寮から歩いて帰ったのか、もしくは別の舟を仕立てて帰ったのか？

いったい、その男の正体は……。

あれこれ、考えをめぐらせても答えは出てこなかった。

柳橋で舟を降りると、舟賃に酒手を加えて船頭にわたした。そのとき、船頭の名前を聞くと、

「仁三郎《にんざぶろう》と申します。またご用の節には声をかけてくださいまし」

酒手が利いたのか、仁三郎という船頭は愛想よくいった。

船宿を離れた十内は、その足でお夕と由梨の家を訪ねた。まだ、戻っていないかもしれないと思っていたが、家のなかにあかりがあり、声をかけると、由梨が元気な声で戸を開けてくれた。

「早かったな。もう調べ終わったのか」

「あっさり終わったわ。お夕ちゃんは手間取ったみたいだけど」

十内は邪魔をするといって、居間に上がり込んでお夕と由梨を前にした。

「番頭さんはすぐに教えてくれたわよ」

由梨はそういって〝瀧もと〟で聞いてきた、小浪の得意客の名をあげていった。

「えーと、清兵衛《せいべえ》という小田原屋の若旦那に、御蔵前の札差の勘右衛門《かんえもん》という主人、それから神田に住んでいる旗本の金子伝四郎《かねこでんしろう》という人。その三人が上得意だって」

「それだけか?」

由梨は大きな目をきらきら光らせ、「ううん」と、いってつづける。

「旗本の辻村格之進さんとか、花川戸の三重造という名も出たわね。このごろは堺屋の伊兵衛という主人が、小浪さんにご執心の様子だったとか。でも、上得意ではなかったようなことをいったわ」

　十内はお夕を見て、おまえはどうだったと聞いた。

「あたしは箱持ちの千吉という人に会っただけだけど、感じの悪い男で、あたしのことを変な目で見るの」

「変な目とは……」

「嫌らしいというか、疑い深いというか、小浪さんとどんな関係だとか、いつごろの知り合いだとか、こっちが聞いているのに、そんなことを聞いてくるの」

「それで何と答えた？」

「あたしがもっと若いころに世話になった人だって。それだけよ。それのどこがいけないの、疑うんだったら小浪さんに聞けばいいじゃないといったの。すると、黙り込んでから、そんなことを聞いてどうするんだというからさ……。小浪さんがいなくなったから探しているだけ、お得意の客と駆け落ちなんてことだったら大変でしょうといってやったの」

「……それで」

「いま由梨ちゃんがいった人と同じ名を口にしたわ。ほとんどいっしょよ。ねえ、どうして小浪って芸者のことを気にするのよ」

「いろいろと込み入ったことがあってな。いまおまえたちが口にした客のことだが、三重造と辻村格之進にはおれがあたるから、他の人間を調べてくれないか。今月八日の晩にどこにいたか、それがわかれば助かる」

「八日……七夕の翌日じゃない。早乙女さん、いったい何を調べているの？」

お夕が小首をかしげて見つめてくる。

「いまはいえぬが、そのうちわかるだろう。じゃあ頼んだ」

五

南茅場町《みなみかやばちょう》の大番屋の玄関戸から土間に、朝の光の条がのび、壁に掛けられている捕り物道具が障子の照り返しに浮かびあがっている。

玄関そばの詰所でずるっと茶をすすった服部洋之助は、白い光につつまれた表を眺めた。

（遅いな……）

苛々しながら扇子をあおぎ、脛に止まった蚊をたたきつぶした。

表から蟬の声が聞こえてくるが、それも一時ほどではない。

甲兵衛の調べはほとんど終わり、あとは牢屋敷に送るだけだった。しかし、入牢証文がなければ容疑者を牢屋敷に送ることはできない。

洋之助はその証文の到着を待っているのだった。

「まったく、こんな朝っぱらから……」

思わず愚痴が口をついて出る。

甲兵衛はきつい問い責めに対して、反省の色が濃かった。しかし、女房のおとねを殺したことは否定しつづけている。

それなのに、溺死したように見せかけるために、わざと財布を神田堀に投げ捨てているし、洋之助が最初に取り調べたときに、都合のいい嘘もついている。

洋之助が気に食わないのがそのところであった。しかしながら、

(こいつはやっていない)

という直感があった。

だからといって、そのまま無罪放免というわけにはいかない。そうなれば、洋之

助の手柄はないし、判断を誤って捕縛したことになる。

なんとしてでも、罪を作りあげて、処罰しなければ気がすまない。責め問いの笞《むち》打《う》ちでもよいし、過料《かりよう》でもよい。とにかく奉行の裁きを受けさせなければ、町方同心としての沽券《こけん》に関わるのだと、洋之助は半ば意地になっている。

そうはいっても、もうこの一件からは早く手を引きたかった。なにより、小梅村で見つかった女の死体のことが頭にある。

これは誰が見ても殺しであるし、なんとしてでも自分の手で事件を解決したかった。まだ女の身許はわかっていないが、洋之助は八方に手を尽くしている。

苛々と入牢証文を待つしかないが、それにしても遅い。我慢ならず、立ちあがって土間に下り雪駄を履いて表に出てみるが、証文を持ってくるはずの朋輩同心の姿はいっこうに見えない。

「くそ、あいつ何もたもたしてやがるんだ」

顔に苦渋の色を浮かべ、高く昇っている日を眺める。

青い空には鳶《とび》が舞っており、ぴーひょろろと、声を降らしている。

玄関に戻ろうとしたとき、

「旦那、旦那」

という声がした。

振り返ると、股引に着物を尻端折りした松五郎が駆けてくるのが見えた。

「なんだ」

不機嫌そうにいうと、松五郎は両手を膝について、はあはあと呼吸を整えたあとで、

「わかりやした。わかったんです」

という。洋之助は目をみはった。

「わかったって、ひょっとすると、女のことか……」

「そうです。あの女は小浪という柳橋の芸者です。旦那が絵師に描かせた似面絵が役に立って、さっきわかったんです」

「よし、よくやった。それを知っているのは誰だ？　まさか本所方にも知らせてるんじゃねえだろうな」

本所方の手柄にはさせたくない。

（これはおれが片づける）

と、洋之助は心を決めていた。

「女の身許を知ったのは浅草茅町《あさくさかやちょう》の番屋のものたちで、本所方にはこれから知らせに走りやす」

「ならん」

洋之助は扇子で松五郎の頭を、ピシッと引っぱたいた。

ヘッと、松五郎が目をまるくする。

「本所方にはおれから話す。おまえは番屋に戻ってみんなに口止めをしておけ。おれが行くまで動いちゃならねえと、釘を刺すんだ」

「へ、へえ。それじゃこれから番屋に行きますか……」

「それがすぐは行けねえんだ」

洋之助は松五郎の肩越しに、道の遠くを眺めた。まだ朋輩同心の姿は見えない。

「おれはこれから甲兵衛を牢屋敷に連れて行かなきゃならない。それが終わるまでは身動きが取れねえんだ。くそ、まったくこんなときに……」

洋之助は拳《こぶし》で自分の太股《ふともも》をたたき、ぎりぎりと歯軋りをした。

「それじゃあっしが先に行って番屋のものたちに口止めをしておきます」

「おう、そうしてくれ。なに、そう手間はかからぬからすぐに行く」

わかりましたといった松五郎が背を向けて駆けだそうとしたが、洋之助はすぐに呼び止めた。

「待て、待て。ここは手抜かりなくやらなければならぬ。うむ……」

短くうなった洋之助は、視線を彷徨わせて考え、はっと目をみはった。

「早乙女だ。早乙女十内を使おう。あいつだったら役に立ちそうだ」

「あの野郎をですか……」

松五郎は不服そうである。

「おう、やつでいい。小浪って芸者と関わった男、客……その芸者はどこの店にいたんだ？」

「柳橋の〝瀧もと〟って料亭です」

「だったら〝瀧もと〟の連中にも話を聞くんだ。早乙女にそういっておけ」

「それじゃ先に早乙女の野郎を連れに行ったほうがいいですかね」

「番屋が先だ。もたもたするな、行け」

松五郎が駆け去ると、洋之助は詰所に戻ってがぶりと茶を飲み、表情を引き締めた。

女の身許がわかった以上、のんびりはしていられない。下手人はこの手でと心中でつぶやき、袖をまくった自分の腕を扇子でぺしりとたたいた。

「服部、待たせた。証文を持ってきたぞ」

土間に入ってきた朋輩同心が声をかけてきた。

「ずいぶん手間がかかったじゃないか」

「御奉行の登城前だ。すんなりとはいかぬさ」

「ま、よい。おい、甲兵衛を連れてこい」

洋之助は土間に控えていた下役に指図した。

六

昨日は小浪のことで、夜遅くまでさんざん歩きまわったので、床につくなりそのまま夢も見ずに眠ってしまった。

目が覚めたときはすでに日は高く昇っており、表で近所のおかみ連中の楽しそうな高笑いが聞こえていた。十内は慌てて夜具を払い、褌《ふんどし》一丁のなりで井戸端に行き、ばしゃばしゃと顔を洗った。と、背後に人の気配がしたので振り返った。

松五郎が獰猛《どうもう》な獣のような目をして立っていた。

「なんだ、脅かすな。どうした、こんな朝っぱらから……」

「何が朝っぱらだ。もう朝五つ（午前八時）は過ぎている」

「なに、もうそんな刻限か。こりゃあまずい」

十内はそのまま玄関に戻ろうとしたが、

「いったいなんだ？」

と、梅干しでも食ったような顔をしている松五郎を見た。

「小梅村で見つかった死体の女のことだ。柳橋の芸者だというのがわかった」

「なに……」

十内は眉毛を上下させた。

「小浪って名だ。下手人を探すんで、服部の旦那が手伝ってほしいらしい。おれはおめえなんかを頼りにしたくはねえが、旦那がいうんでしかたがない」

「服部さんがそういったのか……」

「旦那は甲兵衛を牢屋敷に送らなきゃならねえから、手が離せねえんだ。小浪と関わっていた男や客をあたってくれってことだ。小浪は〝瀧もと〟という料亭の芸者でな。さぞ、男らを誑《たぶら》かしていたにちげェねえ。とにかくそういうことだ。何かわかったら浅草茅町の番屋に行け。それだけだ」

松五郎はほとんど十内の知っていることを口にして庭を出ていった。

（こりゃあ、まずいことになった）

十内は手ぬぐいを肩にかけると、そのまま隣のお夕と由梨の家に走った。

「きゃあー」

戸を開けるなり、お夕が悲鳴をあげた。

「なんだ？　おれを見て驚くことはないだろう」

「なによ、素っ裸みたいな恰好で」

そういわれて、十内は褌一丁だったことに気づいた。お夕は両手で顔を隠してはいるが指の間から、十内を見ている。その視線は十内の股間に行っているようだった。

「急ぎの話があるんだ」

そういったとき、土間奥から出てきた由梨が、目をみはって立ち止まった。ぽかんと口を開け、やはり十内の股間のあたりを見ていた。

「じろじろ見るな。おれは見世物じゃない。とにかく昨夜話した小浪という女のことだ。じつは、殺されていたのがわかった」

とうにわかっていることだが、そういっておく。

「殺されたって……」

由梨がまばたきをすれば、

「誰に？」

と、お夕が息を止めた顔になった。

「小浪を殺した人間を探すんだ。あやしいのは、昨日おまえたちが調べた客だ。それをあたってくれるか。今日はおまえたちの仕事があるのかどうか知らぬが、断れ。手間賃はおれが払う」

「高いわよ」

お夕がいう。

「いくらでも払う。何かわかったら……浅草茅町の番屋そばの茶店でおれを待て。

いいな、わかったな。頼んだぞ」

十内は念を押すようにしていうと、急いで家に帰り着替えにかかった。

まずは伊兵衛に小浪の身許が割れたことを話さなければならない。そのあとで、辻村格之進に会う必要もある。

十内は、きゅっきゅっと、帯を締めながら頭のなかを整理する。身支度を調えると、そのまま堺屋に急いだ。

堺屋の暖簾をはねあげて土間にはいると、「いらっしゃいませ」という声が一斉に飛んできた。紙束を整理していた若い奉公人たちだった。

十内は彼らには目もくれず、帳場に座る番頭に、

「伊兵衛はいるか？」

と訊ねた。

「おりますが、ただいま手が離せるかどうか……」

番頭は勿体ぶったことをいって、奥の間をちらりと見た。

「大事な急ぎの用があるんだ。取り次いでくれ」

「商売のことでしょうか？」

「そうじゃないが、そうでもある。いいから取り次げ。おまえの名はなんだ？」

十内は腹が立ったので、番頭をにらんだ。

「平七と申しますが、いったいどんなご用件で……」

「のらりくらりしたことはいえぬのだ。いいから早く取り次いでこい」

平七という番頭は一瞬、憮然とした顔になり、重そうに腰をあげた。

「まったく愛想のない番頭だ」

十内がぼやくようにつぶやくと、紙束を整理していた奉公人たちが、首をすくめて「くくっ」と短く笑った。どうやら平七は、奉公人たちにも人気がないらしい。きっと口やかましい番頭なのだろう。

その平七はすぐに戻ってきて、奥の部屋にあがるようにと十内をいざなった。

七

伊兵衛は相変わらず顔色が悪く、臆病な兎《うさぎ》のように落ち着きがなかった。それに目が赤く充血している。

「気分でも悪いのか」

　十内は腰をおろして訊ねた。

「いいえ、いったいどうなっているのかと心配で眠れないんでございます。早乙女様、何かございましたか？」

「小浪のことを町方が知った」

「えっ……」

「これからいろんな調べがはじまる。遅かれ早かれ、おまえへの聞き込みがあるはずだ」

「そ、それじゃどうすればよいのでしょうか。やはり、御番所に出向いて、店の寮で小浪が殺されたと、正直に打ちあけたほうがよいのではないでしょうか。わたしが殺したのではありませんから、きっとわかってもらえると思うのですが……」

「いや、自首すればおまえは下手人の扱いを受けるだろう。もし、真の下手人を見つけることができなければ、きっとそうなる」

「そんな……」

　伊兵衛はかたい顔のまま息を呑む。

「昨夜、向島の寮に行ってきたが、下手人の手掛かりを見つけることはできなかった。足跡ひとつ残っていない。だが拾いものをした」

十内は懐から半紙につつんだ笄を出したが、とたん、はっとなった。

提灯のあかりでは見えなかったが、このあかるい部屋のなかでは笄の柄に彫られた雲龍に血のようなものがついていたのだ。それは黒く変色していたが、指先でこすって舐めてみるとやはり血である。

十内は「これは……」と思わずつぶやきを漏らした。小浪殺しに使われた凶器かもしれない。

「いかがなさいました？」

「伊兵衛、これに覚えはないか？」

「……いいえ」

「小浪の笄ではないか？」

「それはどうでしょうか……簪や笄を挿していたとは思いますが、そこまでよくは見ておりませんでしたので……」

「小浪はこれで殺されたのかもしれない」

「えッ……」

　笄は真鍮製で硬い。それに髪をわけるために先端が尖っている。やわらかいぼんのくぼを刺すのは容易《たやす》い。

「ひょっとすると下手人は、小浪が髪に挿していたこの笄を殺しに使ったのかもしれぬ。ま、これはあとで調べることにする」

　十内は笄を懐にしまって、話をつづけた。

「とにかく、おまえが自首すれば、殺しの廉《かど》でお縄になるのは目に見えている」

「それじゃどうしろと……」

「この一件を調べているのは服部さんだ。おれはあの人から助ばたらきを頼まれた。それが救いといえば救いだ。いつまでも隠しおおせることではないが、真の下手人を見つけるのが急がれる。そこで聞きたいことがある。いいか、嘘はつかずに正直に答えるのだ」

「は、はい」

「おまえは、ほんとうに小浪を手にかけてはいないのだな」

　十内は表情を引き締めて、伊兵衛を凝視する。

「もちろんです」

「それから寮に行った日のことだが、おまえを尾けた男がいる。心あたりはないか？」

伊兵衛はおろおろと視線を彷徨わせた。

「わたしが尾けられていたのですか……。いったい誰だろう……」

心あたりはなさそうだ。

「それじゃ、あの日、おまえが寮に行くことを知っていたのは誰だ？」

「それは三重造親分と、子分の又兵衛という人だけのはずです」

十内は考えた。〝瀧もと〟にわたりをつけに行ったのは三重造でないのはたしかだ。すると又兵衛という男なのか……。

「又兵衛はいくつぐらいで、どんな男だ？」

「年は三十半ばぐらいでしょうか……。賭場では壺を振る人で、色が黒くて鰓が張っています」

「目は小さくないか？」

「……そんなに小さくはないです」

すると、又兵衛でもない。他の子分かもしれない。

「三重造は小浪の身許がわかったと知れば、いよいよおまえの始末を考えるはずだ。今日は何があっても居留守を使え。町方が来てもそうするんだ。おれはその間にできるかぎりのことをする」

「あの、もし下手人が見つけられなかったら……」

「そのときは腹をくくるんだ」

十内は唇を真一文字に結んだ。

伊兵衛はいまにも泣きそうな顔で、しょんぼりうなだれた。

「とにかくやれるだけのことはするが、いまいったことは守ってくれ」

「は、はい」

堺屋を出た十内は、辻村格之進の家に向かった。登城していれば無駄足になるが、それでも会って聞きたいことがある。

十内は胸の内で非番であってくれと、祈るような気持ちで足を進めるが、急に百両という礼金の現実味がなくなってきたと思った。

もし、小浪殺しの下手人を見つけられなければ、すべてのことが無になる。おそらく伊兵衛は牢送りになるだろうし、そうなったら惣右衛門からの話もなかったことになる。

だがしかし、ここであきらめてはならないと、十内は気持ちを引き締めた。

江戸の町は普段と変わらずに動いているようだが、早足で歩く十内の目は通りの先をまっすぐ見ているだけだ。

下手人を挙げるための証拠もなければ、その手掛かりもない。ただひたすら聞き込みをつづけるしかない。

気になるのは、八日の日に向島に行った伊兵衛を尾けた男のことである。それから三重造の動きも気になる。小浪の身許が割れた以上、三重造には聞き込みがかけられる。またこれから行く辻村格之進もそうである。

駿河台についたころには、汗びっしょりになっていた。十内は汗をぬぐい、呼吸を整えて、辻村家の門前で声を張った。

「お頼み申す。お頼み申す」

呼びかけること三度目で、脇の潜り戸が開かれ中間の顔がのぞいた。先日、辻村が襲われたとき、いっしょにいた久兵衛というものだった。

辻村の所在を訊ねると、在宅とのことだった。すぐに取り次いでもらい客座敷にあげてもらった。

「先日は危ないところを助けていただき、まことに礼を申す」

辻村はにこやかな顔で軽く叩頭する。

「殿様、今日は別の用でまいりました。それがしは市中でよろず相談所なるものをやっておりますが、ときに御番所の同心の手伝いもしています」

「ほう……」

辻村の顔に、わずかだが驚きの色が浮かんだ。

「殿様は柳橋にある〝瀧もと〟という料亭にいる小浪という芸者をご存じですね」

「知っておる」

「じつはその小浪が殺されたんでございます」

「なに……」

辻村は眉を動かして目をみはった。

「殺されたのは八日の日です。その日、小浪はとある商家の主と会っていたのですが、その主と小浪を取り次いだのが、花川戸の三重造という博徒です。もっとも、店とわたりをつけたのは三重造ではないようですが、その折り殿様の名が使われているのです」

「なに、わたしの名を……いったいどういうことだ？」

「このこと、いまは他言無用に願いますが、小浪と会ったのは伊兵衛という堺屋の主です。その伊兵衛が三重造に手引きを頼んだのですが、やくざものでは店も信用がうすい。そこで、殿様の名を使ったと思われます」

「なんと不届きなことを……」

「そのために、殿様に小浪殺しの疑いがかけられると思いますが、よもや殿様の仕業ではないでしょうな」

「何を申す。八日と申したが、その日はわしは役目があって江戸にはいなかった。調べればわかることだ」

辻村はきっぱりという。それに嘘偽りは感じられない。

「殿様は賭場の使用に、この屋敷の一部を貸していただけですね」

「そこまで知っておるのか」

辻村は驚きと同時にあきれたという顔をした。

「伊達《だて》に町方の助をしているのではありませんので……」

「とにかくわしは、小浪に恨みなど持っていなかったし、殺すこともできなかった。それが真実のところだ」

「わかりました。その旨、掛《かかり》の同心に話しておきます。さて、小浪を殺した下手人のことですが、殿様に心あたりはございませんでしょうか」

十内は探るような目を辻村に向ける。あかるかった部屋がにわかに暗くなった。日が雲に遮られたのだ。辻村はじっと畳の目を数えるように黙っていたが、

「いやそのような者には心あたりはないが、気になることはある」

と、十内を直視した。

「と、申されますと……」

「小浪は客同士で先を争って名指しをするような、人気のある芸者だった。それがために、客同士で諍《いさか》いがあったようなことを耳にしたことがある」

「それは誰と誰でございましょう」

「たんなる噂かもしれぬが、金子伝四郎が小田原屋の若主人に刀を抜いたことがあるらしい。小浪の取り合いだったらしいが……」

二人の名は、昨夜、由梨から聞いている。どちらか一方が、嫉妬の果てに凶行におよんだと考えることができる。伊兵衛を尾けたのも、その二人のどちらかかもしれない。

「殿様は、その二人に会われたことはありますか?」

「いや、ない。千吉と申す、小浪の箱持ちから聞いただけだ」

十内は千吉にも会う必要があると思った。

「他にはありませんか?」

「とくにないが、まことに小浪が……」

辻村は信じがたいという顔を向けてきた。

「小浪は何者かにぼんのくぼを刺されたようです。その後、三重造らによって埋められています」

「では、三重造が下手人ではないのか?」

「それはこれから調べることです。せっかくのお休みのところ、突然訪ねてまいり、失礼いたしました」

辻村家を辞去した十内は、来たときと同様に足を急がせ、坂道を駆けおりた。行くのは花川戸の三重造の家である。

とにかく時間との勝負になってきた。早く下手人を探しださなければ、伊兵衛の身が危なくなるし、百両の礼金もふいになる。

一時は金で動いているのではない、無実の伊兵衛を救うことに生き甲斐を感じていたが、こうなってくるとやはり人間の欲が動く。

(おれもはしたない男だ)

休まず歩きつづける十内は自嘲の笑みを浮かべた。

花川戸に入ったころには、晴れていた空が曇りに変わった。しかし、空にせり出しているのは雨雲ではない。

孫助から聞いていたので、三重造の家はすぐにわかった。荒れた呼吸を整えるために、息を大きく吐き、息を吸ったとき、三重造の家の戸ががらりと開き、血相を変えた二人の男が飛びだしてきた。

「おい、そこをどけ、どきやがれッ」

目の色を変え突進するように駆けてくる男が、十内に怒鳴った。

第七章　恋心

一

十内が脇によけたとき、家のなかから三人の男たちが出てきた。それぞれに匕首《あいくち》を閃《ひらめ》かせ、待ちやがれと怒鳴り、駆けだしてくる。

二人の男を三人が追いかけて行くと、今度はひとりの浪人ふうの侍が出てきた。十内を見ると、眉間にしわを彫り、目にわずかな驚きの色を浮かべる。

おれのことを知っているのかと、十内は思った。

「きさま、やつらの仲間か？」

「いったいなんのことだ。ずいぶん騒々しいな」

十内は足を進めた。浪人はさっきの男たちとはちがい落ち着いていた。

「何用だ？」

「三重造という親分に会いたい」

そういったとき、また二人の男が家のなかから出てきた。気色ばんだ目をして、

「小津さん、やつらは？」

と、ひとりが浪人に聞いた。

「万吉たちが追っていった」

小津という浪人はそう応じて、十内をあらためて見た。

「親分は取り込み中だ。いまは会えぬ」

「おれは早乙女十内という町方の手先だ。小浪という芸者のことで聞きたいことがある。いるなら会わせてくれ」

小津は十内を品定めするようにすがめ見る。そばにいる二人も十内を警戒している。

「いいだろう。入れ」

小津が顎をしゃくったので、十内は広土間に入った。座敷でうめいている男を、数人の男たちが囲っていた。

「何があったんだ？」

十内の疑問には小津が答えた。

「ちょいとした揉め事だ。話に来たやつらが、いきなり斬りかかって、仲間に怪我を負わせやがった。おい、源七郎の具合はどうだ？」

「血が多いんでびっくりしましたが、浅傷《あさで》です。もう大丈夫でしょう」

怪我人の手当てをしていた男が応じた。そのそばに、柄の大きな三重造がいた。

「三重造さん、小浪のことでなにか話があるそうだ。町方の手先らしい」

小津がいうと、三重造がぎょろ目を剝いて十内をにらんだ。

「小浪のことで……。ごたついているが、あがってくれ」

三重造は別の座敷に十内を入れた。

「町方の手先らしいが、あんたの名は？」

「早乙女十内という」

三重造のぎょろ目がきらりと光った。

「それで何の用だ？」

「柳橋の芸者・小浪のことはおぬしもよく知っているはずだ。小浪は堺屋の寮で、何者かに殺された。その死体の始末をしたのがおぬしだ。そうだな」

　三重造は、一瞬、視線をそらして、煙管をつかんだ。

「ここに乗り込んできたってことは、何もかも知っているってわけだ。大方堺屋がぺらぺらしゃべりやがったんだろうが、おれは何も知らねえぜ」

「……そうかい。だが、殺された死体を隠すのはまずかった。堺屋伊兵衛は死体となった小浪を見て逃げただけだ」

「やつが殺したのかもしれねえ。おれはそう踏んでいるが……」

　やはり三重造は伊兵衛に罪をなすりつけるつもりのようだ。

「伊兵衛が殺したという証拠はない」

「それじゃ誰が殺したっていうんだ？　堺屋は小浪を殺して、死体を小梅村にある常泉寺の裏手に埋めたが、その始末をしてくれといってここに駆け込んできやがった」

　十内は目を細めた。

（なるほど、あくまでも自分たちは知らぬ存ぜぬをとおす腹のようだ）

　それならそれでよいと、十内は内心で開きなおる。

「いいだろう。そのことは百歩譲って話すが、小浪と伊兵衛を引き合わせる段取りをつけたのはおまえだ。そうだな」

「伊兵衛がそんなことをいったのかい」

「おい、おれを舐めるな」

十内は目に力を入れて三重造をにらむ。三重造も負けじとにらみ返してくる。

「おれは小浪を殺した下手人を探したいだけだ。おまえが死体の始末をしたことなんかどうでもいいんだ。そのことは黙っていてもいい」

三重造の顔にわずかな驚きが刷かれ、目にあった敵意がうすれた。

「正直に答えてくれ。おまえは子分を使って、〝瀧もと〟の番頭に小浪を一晩貸してくれるようにわたりをつけた。その際、畳奉行の辻村格之進様の名を使った。そうだな」

「…………」

「だが、辻村様はその日、江戸にいなかった。お役目で下総に出かけておられた」

「それがどうした。おれの知らねえことだ」

「三重造、〝瀧もと〟には誰を使わせた？　そいつのことを教えてくれ」

「いってることがわからねえ」

「そうかい、そうやって白を切るなら、町方の同心を引き連れて、あらためてここに乗り込んで来なきゃならねえ。たたけばいくらでも埃《ほこり》の出る体だろう。小浪の一件がないとしても、おまえをしょっ引くことになる。咎だったらなんでも作れる」

「おれと駆け引きをしようって腹か。だが、知らねえものは知らねえんだ。どうしようもねえだろう」

三重造はつかんでいる煙管の雁首に刻みを詰めはじめた。

「だったら、おまえを連れて行かなきゃならねえ」

「どこへ？」

「町方の待っている番屋だ。伊兵衛はおまえに相談をして、小浪との密会の段取りをつけてもらったといっている。その話が嘘かどうか、じっくり調べるためだ。ことによれば、二、三日かかることになる。隣の部屋にいる子分たちからも、話を聞くことになる。芸者殺しを調べるために、町方は躍起になっている」

三重造は十内の視線を外して、考える顔つきになった。それから煙管に火をつけ、すぱっと吸いつけた。

隣の部屋からやつらを捕まえたかとか、逃げられたという声が聞こえてきた。

「……まあ、堺屋から相談は受けた」

三重造は折れた。

「小浪と会えるように話をしてくれとな。気乗りはしなかったが、しかたねえから喜作という子分を使いに立てた。あとはおれの知らねえことだ。辻村様の名を使ったのは、喜作が機転を利かしたんだろう」

「喜作はどこだ？」

「旅に出ている。江戸にはいねえ」

十内は片眉を動かした。三重造は先手を打っている。食えないやつだと、十内は腹のなかで毒づくが、これ以上穿鑿してもしかたがないと思った。

「いずれ調べは入ると思うが、今度は白は切れねえぜ。邪魔をしたな」

十内は腰をあげて、土間に下りた。雪駄を履いて、座敷に集まっている三重造の子分らをゆっくり眺める。伊兵衛を尾けたという男がいるかどうかはわからなかった。

「おい、待て」

戸口を出たところで、小津に呼び止められた。

「きさまとはまた会いたい」

「会ってどうする？」

十内がいうと、小津はふっと口の端に冷笑を浮かべた。

「そのときわかるさ……」

十内は小津をひとにらみして、背を向けた。

二

十内が浅草茅町の茶店についたときは、正午を過ぎていた。

「いま来たばかりよ」

待っていた由梨が十内を見て笑顔を浮かべる。

「わかったか？」

「うん。小田原屋の清兵衛という若旦那は、八日の日はずっと店にいたようよ。奉公人たちがそういうからまちがいないと思う。それから札差の勘右衛門さんは、両国の湊屋《みなとや》という貸座敷屋で宴会があったので、夜遅くまで飲んでいたそうよ」

「勘右衛門のことは誰に聞いた?」

「店の小僧さん。でも、念のために湊屋に行って、勘右衛門さんのことを聞いてきたわ。たしかにあの晩は、相当酔っていたって……」

そういった由梨は、お夕がやってきたと表に目を向けた。

「どうだった?」

十内はそばの床几に座ったお夕を見る。

「だめ。金子伝四郎さんにも家の人にも会えないし……声をかけても誰も返事をしないのよ。留守なんじゃないかしら。旗本だから、誰か家にいてもよさそうなのに」

お夕は疲れたという顔をして、肩を落とす。

「まあいい、そっちはおれがあとで聞きに行くことにする」

「でも、小浪さんの長屋で気になることを聞いたの」

お夕は小浪の家を、箱持ちの千吉から聞いたと付け足して、話をつづけた。

「家を教えてくれた千吉さんなんだけど、小浪さんにずいぶん邪慳《じゃけん》にされていたらしいわ。近所の人も、小浪さんのことをあまりよくいわないし……。客の前とそうじゃないときとでは別の顔をしていたんじゃないかしら」

「千吉を邪慳にしていたというのは、どういうことだ？」

「詳しくは聞かなかったけど、千吉さんのことを馬鹿だとかうすのろだとか、ずいぶんひどいことをいっていたとか……」

十内ははす向かいにある自身番を眺めた。ちょうど、服部洋之助が入っていくのが見えたのだ。

「ねえ、それであとは何をすればいいの？」

由梨が黒くすんだ瞳を向けてくる。

「おまえたちはもういい。手間をかけさせたな。飯でも食って帰るんだ」

十内は二人に、小粒四枚をわたして腰をあげた。

気前いい、というお夕のはずんだ声が背中でしていた。

十内は自身番に向かいながら、伊兵衛のことを洋之助に話すべきかどうかを考えた。長く隠しとおせるものではない。だが、気になっているのが辻村格之進のいった言葉だ。

——金子伝四郎が小田原屋の若主人に刀を抜いたことがあるらしい。小浪の取り合いだったらしいが……。

由梨の聞き込みで小田原屋清兵衛への疑いはないが、金子伝四郎という旗本への嫌疑は残ったままだ。

しかし、相手は旗本であるから、町奉行所は滅多な調べはできない。それに他にも疑わしい人間がいるかもしれない。

茅町の自身番に近づいたとき、洋之助と松五郎が出てきた。

「おお、これは早乙女ちゃん」

洋之助はつかつかとそばにやってきて、馴れ馴れしく十内の肩をたたく。

「ご苦労をかけるな。無理な頼み事はしたくなかったんだが、手の離せねえ仕事があってな。それで調べてくれたかい」

「大まかにだが、やれることはやった」

「おう、さすがよろず相談所の主だけある。よし、そこで聞こう」

洋之助は自身番の表に出してある床几へいざなった。

十内は洋之助と並んで座り、これまで調べたことと、由梨とお夕が調べたことを端的に話した。耳を傾ける洋之助は、眉を動かして目を細めたり、顔をしかめたりしながら「うむ、うむ」とうなっていた。

「すると、あやしいのは金子伝四郎という旗本か……」

それは厄介だといって、洋之助は自分の顎をなでる。

「聞き込みだけはやったほうがいいだろう」

「そりゃそうだ。だが、その前に〝瀧もと〟へ行って話を聞かなきゃならねえな。おまえもついてきてくれるか」

伊兵衛のことが気になっていたが、十内は黙っていた。

料亭〝瀧もと〟に足を向ける洋之助に、十内はついていったが、しばらく行ったところで立ち止まった。

「待ってくれ、先に店に行ってくれ。おれはたしかめたいことがある」

「なんだ？」

洋之助が訝しげな顔を向けてくる。

「小浪があの晩どこに行ったか知らないが、店に話をつけにきた喜作という男は、小浪を舟で案内しているかもしれない」

「ふむ」

「船宿をあたってこよう」

「まあ、それも調べなきゃならねえことだ。それじゃおれたちは先に店で話を聞くことにする。何かわかったら、〝瀧もと〟に来てくれ」

洋之助と松五郎を見送った十内は、そのまま柳橋そばの船宿に入った。先日、自分を乗せてくれた仁三郎という船頭のいる船宿だ。

「芸者の小浪ですか？　いやあ、うちには出入りしていないはずですがね。ちょいと他のやつらに聞いてきます」

船着場にいた仁三郎は雁木《がんぎ》を身軽に駆けあがって、自分の船宿に入っていった。十内は舫われている猪牙舟を眺めた。神田川の水面がきらきらと日の光をはじいている。

柳橋のそばには何軒かの船宿がある。大きな宿は屋形船や屋根船を有している。どの舟にも、商売用に使う舟だと認可された極印がある。

対岸の下柳原同朋町《しもやなぎはらどうぼうちょう》にある船宿が有している舟は、その多くが「山谷舟《さんやぶね》」と呼ばれ、吉原通い客をあてこんでいた。

十内はそんな舟を眺めながら、事件の夜のことを考えた。小浪が歩いて向島まで行ったとは思えない。駕籠《かご》も考えられるが、向島に行くなら、普通は舟を使う。

仁三郎はすぐに戻ってきた。

「旦那、うちの船宿は使っていないようです。〝瀧もと〟の芸者なら、川和《かわな》だろうっていってます。そっちに行ってお聞きになったらいかがです」

「さようか、ならばそうしよう」

川和という船宿は、二軒隣にあった。

仁三郎に聞いたことと同じことを訊ねると、川和の船頭のひとりが、

「それならあっしが乗せましたよ」

と、煙草盆に煙管を置いて答えた。

十内は目を輝かせた。

三

小浪を乗せた船頭は、成次《せいじ》という大柄な男だった。

「人のよさそうな小柄な男の人がいっしょでしてね。冗談がうまいのか、よく小浪さんを笑わせていやした。あっしもいっしょになって笑っていましてね。楽しい客でしたよ」

「それで帰りはどうした？」

「帰り……小浪さんを向島で降ろすと、今度はその男の人を吾妻橋西の材木河岸まで送りました。それだけです」

「向島では小浪だけが降りたのか？」

「いいえ、男の人もいっしょです。あっしは待ってろといわれましてね。そこで待っておりやした。すると、太助《たすけ》がやってきましてね。いや、そこにいる船頭です」

成次は縁側で煙草を喫んでいた若い船頭を指さした。十内はちらりと見た。

「太助が乗せていたのは……」

「小浪さんの箱持ちの千吉さんでしたよ」

成次の言葉を、太助が引き継ぐようにいった。

「なに、千吉が……」

「へえ」

太助はぽかんとした顔を十内に向けた。

「小浪といっしょに乗っていたのは喜作という男だが、そいつと千吉は顔を合わせたようだったか？」

「それはどうでしょう。あっしは千吉さんを降ろすと、そのまま引き返しましたから」

太助は成次を見る。

「二人が会ったかどうかは知りませんが。千吉さんが舟を降りて、しばらくしてその喜作って人が戻ってきました」

他に聞くことはなかった。礼をいって川和を出た十内は〝瀧もと〟に向かいながら、千吉のことを考えた。

千吉はなぜ、小浪のあとを追うように向島に行ったのか。それは、小浪が堺屋の寮に行くと知っていたからではないか。

さらに、お夕が小浪の長屋で聞いてきた話が頭に浮かんだ。

――千吉さんなんだけど、小浪さんにずいぶん邪慳にされていたらしいわ。

それからお夕はこうもいった。

——千吉さんのことを馬鹿だとかうすのろだとか、ずいぶんひどいことをいっていたとか……。

（まさか、箱持ちの千吉が小浪を……）

もし、そうだとすると、千吉は日頃から小浪に恨みを抱いてたことになる。かといって、千吉が小浪を殺《あや》めたという証拠はない。

そのとき、十内は懐にしまっている笄を包んだ懐紙をさわった。

もし、この笄が小浪のものなら千吉の仕業だと考えていいかもしれない。しかし、伊兵衛を尾けた男はどうなるのだ？　あれはいったい誰なのか？

船頭の仁三郎は、四十半ばぐらいで、目が小さかったといった。身なりは悪くなかったが、どことなく人を見下しているようだったともいった。

ひょっとすると、小浪の取り合いで小田原屋清兵衛に斬りつけたという、旗本の金子伝四郎だったのか。そして、その金子伝四郎は伊兵衛と小浪の密会を知り、小浪を殺害した。

しかし、そうなると千吉はどうなる？　千吉はただ単に小浪のあとを追って、そのまま家か店に引き返したというのだろうか……。

　このことはもう一度千吉に会って聞かなければならない。

　洋之助は〝瀧もと〟の玄関で、店の者たち五人ほどから話を聞いていた。十内が玄関にはいると例によって、松五郎がにらんできたが、なにも文句はいわなかった。

「なるほど、すると小浪は辻村殿の使いといっしょに店を出ていった晩から姿を消していたというわけか」

　そう話を締めくくった洋之助は、式台に座ったまま十内に顔を向けた。

「早乙女ちゃん、おめえさん、よく調べてくれていたな。この店のものたちから話を聞いて、感心したぜ。まったく舌を巻くとはこのことだ。それで船宿のほうはどうだった？」

「気になることがいくつかある」

　十内は船宿で聞いたことを話し、こっちに来るとき疑問に思ったことを口にした。

「それじゃ千吉の仕業だというのか……」

　十内の話を聞き終えた洋之助は、腕を組んでうなってから十内をにらんだ。

「きさま、なぜさっき堺屋伊兵衛のことをおれに話さなかった。向島の寮なんてことも聞かなかった」

「それはいいそびれたのだ。他のことを考えていたから……」

「ふざけるなッ」

怒鳴った洋之助を、十内は「ま」といって手をあげて制し、

「小浪と千吉はうまくいっていたのだろうか。おれは小浪が千吉を邪慳に扱っていたと耳にしたのだが……」

と、店の者たちを眺めた。そこにいるのは主の忠右衛門《ちゅうえもん》と番頭の金八郎《きんぱちろう》、そして三人の仲居だった。みんな神妙な顔をしていた。

「いまだからいいますけれど、ちょっと小浪さんはひどいところがありました」

そういったのは、年増の太った仲居だった。

「ひどいとは……」

「お客さんの前ではそんなことはありませんでしたが、陰では千吉さんをつねったり、罵《ののし》ったりです。千吉さんのどこが気に入らなかったのか、些細なことでも腹を立てていました」

「わたしもそれは知っています。千吉さんは何をいわれてもおとなしく、はいはいと頭をさげる人ですから、小浪さんは虫の居所が悪いと千吉さんにあたっていたんでしょうけど、ときどき気の毒に思うことがありました」

これは別の仲居だった。

「辻村様の使いだという男が来たとき、千吉がそばにいたんじゃないか」

十内は仲居を見てから番頭に目を向けた。どうだと問いを重ねると、

「いました。わたしが使いの方と話をしているとき、千吉はたしかにそばにいて聞いておりました」

金八郎という番頭は硬い表情で答えた。

やはり、千吉は小浪を尾けたのだ。

「それじゃこれに見覚えはないか……」

十内は懐から笄の包みをだして開いた。

「なんだ、笄じゃねえか」

洋之助がのぞき込んでいう。

「これは堺屋の寮に落ちていたものだ。よく見ると血がついていた」

「なに、血だと……」

洋之助が笄をつかみ取って、ためつすがめつ見る。

「それは千吉さんのだわ」

年増の太った仲居だった。十内はさっとその仲居を見た。

「それは小浪さんが千吉さんにあげたものです。おそらく機嫌のいいときに気まぐれにあげたんでしょうけど、わたしはよく知っております。千吉さんは自慢をしておりました。いい笄だって……」

笄は女だけが使うものではない。男も櫛《くし》代わりに髷の手入れに使うこともある。

「すると……」

十内が目を光らせれば、洋之助も表情を引き締めて、すっくと立ちあがった。

「これから千吉をしょっ引きに行く」

四

千吉は神田《かんだ》佐久《さく》間町《まちょう》の裏長屋に住んでいた。

松五郎がその千吉を呼びに行っている間、十内と洋之助は木戸口のそばで待っていた。

「おまえさん、話の流れから察すると、小浪の死体が見つかったときから、この一件の調べをしていたようだな」

洋之助は切れ長の目で十内を凝視した。

「見つかる前からだ」

十内がさらっというと、洋之助はこめかみの皮膚をぴくりと動かし、口をねじ曲げた。

「勝手な真似をしおって。いったい何様のつもりでそんなことをしやがった」

「おれは伊兵衛の相談を受けた。それでその相談に乗っていただけだ」

「ことは殺しだ。それを隠していたことになるんだ。ちょこざいなことをしやがって」

「ほんとうに小浪が殺されたのかどうかは、死体が出てくるまではわからなかった。だから、おれはそのことを調べていただけだ」

「おい」

洋之助は十内の襟をつかんで、顔がくっつかんばかりによせてきた。晩夏の日を受ける洋之助の顔が紅潮した。

「おれを舐めるな。今度、同じようなことをしやがったら捨て置かねえからな」

「心得ておく」

洋之助は十内を突き放すように押した。

そのとき、松五郎が千吉を連れてきた。洋之助を見ると、緊張している顔をさらにこわばらせた。

「いったい、なんのご用でしょう?」

「小浪のことで聞きてえことがあるだけだ。ついてきな」

洋之助が顎をしゃくると、千吉はおどおどと十内を見て、あとにしたがった。小柄で人のよさそうな猿顔だ。髪がうすくなっており、髷には地肌がのぞいていた。

洋之助は浅草茅町の自身番に千吉を押し込むと、書役や番人たちのいる部屋で向かいあった。十内は松五郎といっしょに上がり框に腰をおろした。

これから先のことは洋之助の役割である。十内は無用に口を挟めない。

「おまえが箱持ちをやっていた小浪って芸者のことだが、殺されたことは知ってるな」

洋之助は冷たい蛇のような目で千吉をにらみ見る。

「へえ、今朝知って驚いていたところです」

千吉には落ち着きがない。膝頭をしっかりつかんで、ふるえを堪《こら》えているようだ。

「下手人のことだが、心あたりはねえか」

「……い、いえ。そんなことは……」

千吉は逃げ道でも探すように目を泳がせた。

「小浪が殺されたのは八日の晩だ。場所は紙問屋・堺屋が持っている向島の寮だった。おまえはそこへ行ったことはねえか」

「……し、知りませんので……」

千吉はゴクッとつばを呑んで、洋之助から視線を外す。

「そうかい。おまえを向島まで送ったという船頭がいるんだがな……」

千吉の顔から血の気が引いていった。まばたきもせずに目を見開き、時間が止まったように体を硬直させた。

「嘘はいけねえぜ。おまえは日頃から小浪にいびられ、虚仮にされていた。そのことを根に持ち、いつか殺してやろうと考えていた。それで、小浪が喜作って使いに呼びだされたのを知ると、あとを尾けていった。小浪は堺屋の寮に入って、主の伊兵衛と仲良く酒を飲んでいた」

「………」

「そこでおまえは考えた。ここで小浪を殺せば、伊兵衛にその罪をなすりつけることができる。自分に疑いのかからないようにできると思った。そこで隙を見計らって、小浪を殺めた。そうだな」

「あ、あの、たしかにわたしは向島の寮には行きました。おっしゃるとおりに、小浪さんがどこに呼びだされたのか、気になったからです。でも、わたしは殺しなどやっておりません」

洋之助はふうと、息を吐くと、自分の肩を十手でトントンとたたいた。首を横に倒して、ポキッと骨を鳴らす。

「嘘をつくんじゃねえ！」

「ひえッ」

千吉は洋之助の怒鳴り声に、後手をついて震えあがった。

「これが証拠だ」

洋之助は笄をぽんと膝許に放った。

「てめえはこれに見覚えがあるはずだ。ないとはいわせねえぜ。てめえはこれで小浪のぼんのくぼを刺した。この笄は、てめえが小浪からもらったものだ。〝瀧もと〟の仲居に自慢していたそうじゃねえか。それでも白を切るってんなら、ここでてめえの首を……」

洋之助はそういって、千吉の首筋に十手をあてがった。とたんに、千吉は顔をくしゃくしゃにして、

「ご勘弁を、どうかご勘弁を……」

と、額を畳にすりつけた。

あとは油紙に火がついたようにぺらぺらと白状していった。事実は大まかに十内が調べたことと同じだったが、殺しの動機は、恨みではなく嫉妬だった。

「わたしは小浪さんに惚れていたんです。どんなにけなされようが我慢できました。いいえ、むしろけなされることは、わたしに目をかけてくれているんだと思うほどでした。しかし、小浪さんが客座敷でなく、別の場所でお客といっしょに楽しくやる

ことには我慢がならなかったのです。あのときも見届けて帰るつもりでしたが、伊兵衛の旦那に下心のあるのがわかったので……そんなことはさせてはならない。小浪さんもそこまで許してはならないと思い……」

千吉はそこまでいうと、肩をふるわせて嗚咽を漏らした。

五

口書を取った洋之助は、そのまま千吉を大番屋に送り届けた。詳しい調べはあらためて、そこで行われ、容疑を固められることになる。

大番屋まで付き合った十内は、洋之助が千吉を仮牢に留めておいて、詰所に戻ってくると、相談があるといって、表にうながした。

「なんだ?」

大番屋脇の小路で洋之助は立ち止まった。十内はそばにある楢《なら》の木の下に立った。

楢の幹には空蟬《うつせみ》がくっついていた。

「伊兵衛のことで相談がある」

「堺屋の……なんだ?」

「このままだと伊兵衛は、小浪の死体を放って逃げ、そのことを隠したことになる」

「あたりまえだ」

「それでは具合が悪い」

「なに……」

洋之助は眉宇をひそめた。

「堺屋は江戸有数の大きな紙問屋だ。伊兵衛が罪に問われれば、店がつぶれるかもしれぬ。それに服部さんも困るはずだ」

「何を考えている」

洋之助は十内をまっすぐ見た。

「伊兵衛は小浪と向島の寮で楽しくやっていた。だが、何者かに小浪が襲われ、伊兵衛は怖くなって逃げた。そこで、顔なじみの三重造に相談を持ちかけた。話を聞いた三重造は子分を連れて寮に行き、小浪の死体を見つけたが、知恵をはたらかせた。このことを利用して、伊兵衛に大きな貸しを作ろうと考えたのだ。そうすれば、堺屋を生かさず殺さずにしておき、思いどおりの金を引き出しつづけることができる。脛に傷を持つやくざにとって、こんな旨味のある話はない。そこで、小浪の死体を隠すために埋めた」

「それで、どうしろというんだ」

「伊兵衛が寮を逃げだしたとき、小浪は死んでいなかったかもしれない。伊兵衛は殺されたことを、しっかりたしかめてはいない。死んだのはそのあとのことで、死体を見つけたのは三重造たちだった」

「勝手なことをほざきやがって……」

十内は遮るように言葉を重ねる。

「伊兵衛が罪に問われ、店がつぶれると困るのは、奉公人たちだけではない。過分な付け届けをもらっている服部さんの懐も寂しくなる」

洋之助は眉間にしわを彫った。

「伊兵衛は調べを受けなければならないが、罪に問われなければ、服部さんに恩義を感じるはずだ。当然、付け届けも多くなる。それに、おとねの一件だが、あれは服部さんの手柄ではない。お夕と由梨の手柄だ。小浪の一件も、おれの手柄だ。それをあんたは独り占めしているが、このことが他の同心に知れるとどうなる……」

洋之助の顔に怒りの色が刷かれた。

「おれを脅す気か」

「真実をいっているまでだ」

「作り事もある」

「それを真実にするのが服部さんの役目だ。三重造らは多少割を食うことになるが、所詮世の中のためになるようなやつらじゃない。つまり、伊兵衛に罪がかかれば、服部さんは損をするだけで、なんの得もない。伊兵衛が無罪放免なら、服部さんは得をするし、手柄をあげたことで、同心としての株も上がる」

洋之助は考える目になって、指先で唇をなぞった。

十内はその様子を静かに眺めて、言葉を足した。

「どっちが得か考えるまでもなかろう」

洋之助は短く視線を彷徨わせたあとで十内を見て、口の端に笑みを浮かべた。

「てめえも隅に置けねえ男だ。……だが、是非もないか。わかったうまくやってやろうじゃねえか」

十内は胸をなでおろす思いで、軽く頭をさげ、

「では、よしなに……」

といって、洋之助に背を向けて歩きはじめた。

堺屋伊兵衛と会ったのは、それから小半刻後のことだ。

十内は伊兵衛の用部屋で向き合うと、事件の経緯を話し、小浪殺しが千吉の仕業だったことを告げた。

「箱持ちが……」

下手人のことを聞いた伊兵衛は、信じられないというふうに目をみはり、

「人というのはわからないものでございますね。それで、わたしはどうなるんでしょうか。これでわたしへの疑いは晴れたことになりますが……」

「御番所の調べは受けなければならぬ。それは免れることはできぬ」

急に伊兵衛の顔がかたまった。

「すると、わたしは小浪のことを隠していたことになるのでは……」

「そうであるなら、ただではすまないがこの一件の受け持ちは服部さんだ」

十内はそう前置きしてから、洋之助にいい含めたことを話した。

「あの人はおれの考えを聞き入れてくれた。きっとうまく取り計らってくれるはずだ。そのためには、おまえは小浪が襲われたのは知ったが、まさか殺されているとは気づかなかった。怪我はしていたが死んではいないと思っていた。だから三重造に相談をした。そう申し開きをすればいい」

「で、でも、親分たちはきっとちがうことをいうはずです」

「罪人になりたいのか」

十内は厳しい目で伊兵衛を見た。伊兵衛はいいえと首を横に振る。

「聞くが、おまえは小浪がほんとうに死んでいたかどうかをたしかめたか？」

「いいえ」

「では、まだ生きていたかもしれないだろう。おまえが怖くなって逃げたあとで、小浪は息を引き取った。そうかもしれぬだろう」

「……そ、そういわれると、そうかもしれません」

「きっと、そうだったのだ。よいか、店を守り、女房子供を守りたかったら、そのように申し開きをするんだ。そうしなければ、服部さんにも迷惑がかかる」

「わ、わかりました」

六

小浪殺しの一件は、千吉を捕縛したことで一気に解決に向かい、商家の藪入《やぶい》りの終わった翌日に裁きが下された。

千吉の死罪はいうまでもないが、三重造と三人の子分には遠島刑が申しわたされた。そして、伊兵衛には「叱り」というもっとも軽い刑が科された。これは奉行所の白洲《しらす》において、その罪を叱責するだけでそのまま放免するものである。

十内が伊兵衛の訪問を受けたのは、伊兵衛が町奉行より戒めのお叱りを受けたその日の夕刻だった。

「お陰様で何もかも無事にすみました。これもひとえに、早乙女様のおかげでございます。何とお礼を申してよいやらわからないほどでございます。それで、相談料のお支払いですが、いかほどでございましょうか？」

十内は少し考えて、三両でよいと格安なことをいった。

「では、色をつけて五両お支払いいたします」

十内は素直に受け取る。
「それから、これはほんのわたしの感謝の印でございます。どうかお納めくださ
い」
伊兵衛は持参してきた風呂敷をほどいて差しだした。石町《こくちょう》にある有名な京菓子店
の折だった。
「気を遣わずともよいのに。だが、せっかくだからいただいておこう」
十内は折を引きよせて、言葉をついだ。
「とにかくおれは、おまえが真面目にはたらくようになり、商売に身を入れてくれ
ればよいのだ。それが商人というものだろう」
「おっしゃるとおりでございます。この度のことでわたしはすっかり懲りましたし、
目の覚めた思いです。明日からはしっかりはたらき、店をますます繁盛させたいと
思います。それにしても、儚《はかな》いものでした」
「小浪か……」
「はい、それもありますが、わたしが小浪に思いを寄せたその恋のことです。淋し
く、儚い恋でございました」

伊兵衛はそういったあとで、小浪から聞いたことを口にした。

小浪は貧しい職人の娘だった。幼いころは満足に飯を食べることもできなかった。飾り職人の父親がぽっくり逝ったのは、小浪が八歳のときで、つづいて母親もあとを追うようにこの世を去った。

天涯孤独の身になった小浪を引き取ったのは、親戚の家だったが、まるで下女のような扱いを受けた。掃除洗濯はもちろん、きつい水運びや肥汲みもやらされた。幼い少女にとってそれは苛酷な日々で、夜は泥のように眠った。

しかしながら小浪は、自分の運命を嘆きつつも、わたしは決してくじけないという強い心を持つようになった。それはきれいな着物を着た町娘や、いかにも裕福そうな旗本の奥方連中のきらびやかな衣装を見るたびに、わたしもいつか、あの人たちに負けない女になり、幸せになるのだと心に誓い、その日を夢見ることだった。

水茶屋ではたらきはじめたのは十三歳のときだった。それが小浪の運命を変えたといってもよかった。利兵衛という深川に料亭を持つ主に見出《みいだ》され、半ば養子のようにに面倒を受けるようになったのだ。利兵衛は小浪に読み書きや芸事を習わせた。小浪も一心にそれらを身につけていった。

ところが十七のときに利兵衛は流行病《はやりやまい》にかかって、あっという間に死んでしまった。同時に小浪も利兵衛の家を出なければならなかったが、もう以前の子供ではなかった。

読み書きはもちろん、踊りも三味も唄もできる女になっていた。芸者置屋から声がかかったのはすぐで、小浪は自然とその道に進んだ。

——やっと独り立ちできたわたしは、人並みの幸せを感じることができました。だからといって、心の底から自分に満足はできませんでした。

小浪はそういったあとで、

——人の幸せって、自分だけのものではないのですね。心を許せる人と同じことを感じあえることだと思ったのです。だから、わたしはそんな人を探しているのですよ。

「小浪はそんなことを語ってくれたのです。わたしの心を強く揺り動かす話でした」

伊兵衛はそういって、目尻ににじんだ涙を指先でぬぐった。

「ふむ」

「しかし、今日からはこれまで以上に女房を大切にしたいと思います」

「女房だけではないだろう」

「はい、子もそうですし親もそうです。店の奉公人たちにも感謝の心を忘れずに、接したいと思います」

「その気持ちを忘れぬことだ。しかし、わからないことがひとつだけある」

「なんでございましょう?」

「おまえが小浪と会うために向島の寮に行ったときのことだ。おまえを尾けていた男がいた。それが、どうにもわからぬのだ。いったい誰だったのか……」

十内が首をかしげると、伊兵衛がやわらかい笑みを浮かべた。

「そのことでしたらわかっております」

「え……」

「あれは平七といううちの番頭でした。小浪のことで御番所に呼ばれた日に、平七のほうから、あの晩にそんなことがあったのですかと驚いたことを申したんです」

「平七……」

　十内はその番頭のことを思いだした。たしかに豆粒のような目をした男だった。船頭の仁三郎は尾けた男のことを、身なりはいいが、目が小さくてどこか人を見下したところがあったといった。

（なるほど、あの番頭だったのか）

「毎日のようにわたしが他出いたしますので、支配人の長衛門から指図されて、わたしがどこへ行くのか調べるために平七が尾けたということでした」

「そうであったか、おれはずっとそやつが下手人ではないかと思っていたのだが……。いやこれで胸がすっきりした。何か奥歯に物の挟まったような気分だったからな」

「早乙女様、とにかくこの度は、ほんとうにありがとうございました」

　伊兵衛は頭をさげまくって帰っていったが、十内はなんだかすかを食わされた気分だった。折に入っている京菓子を見て、そう思うのだ。

「ほんとうに菓子じゃないか……」

　ぼやくようにつぶやいたが、欲をかいてはならないと思いもするし、伊兵衛の父・惣右衛門からの謝礼もある。

カナカナカナカナ……

蜩の声が高くなると同時に、江戸の空はゆっくり暮れていった。

十内は夕靄《ゆうもや》が濃くなったころ、どこへ行くというあてもなく家を出た。どこか適当な店で酒を飲み、うまいものを食べようと思っただけだ。

だが、家を出てすぐ、背後に人の気配を感じた。しかも黙ってあとを尾けてくるようなのだ。気になって立ち止まって見ると、すぐそばにひとりの侍が立っていた。日の名残のあった空も暗くなっているので、よく顔が見えない。

「何か用か？」

目を凝らしながら声をかけると、

「いずれ会いたいと思っていたが、ようやくきさまを見つけることができた」

そう答えたのは、三重造一家にいた小津という浪人だった。

七

「なんだ、きさまだったか？」

「おれはいったはずだ。きさまにもう一度会いたいと」

「…………」

「会えばわかるともいった」

「だからなんだ」

「勝負をしたい。まっすぐ歩け」

「馬鹿な。斬り合いなどごめんだ」

十内は背を向けた。

とたんに、鞘走る音がしたと思ったら、風のように小津が斬り込んできた。

十内はとっさに、右に飛んでかわして、抜刀した。

「おれに恨みなどないはずだ」

十内は青眼に構えた。

そこは郡代屋敷《ぐんだいやしき》と初音馬場《はつねばば》に挟まれた道で、人通りが絶えていた。

「恨みはある。きさまのおかげで三重造一家がつぶれ、おれは食い扶持をなくした。それに、きさまは勝負のし甲斐のある男だ」

「なに……」

十内は眉間に縦じわを彫った。

「問答無用。きさまを斬る」

小津は一気に間合いを詰めてくると、迅雷の突きを送り込んできた。十内は左に払って、右八相に構えた。

小津は総身に殺気を漂わせている。冗談や遊びでないのはあきらかだ。小津は真剣に斬る気でいるのだ。

両者は間合い三間で、しばらくにらみ合った。道端の草むらで虫がすだいている。凪《な》いでいた風が吹きはじめ、十内の袖を揺らした。

小津がじりじりとすり足を使って間合いを詰めてくる。十内は青眼から大上段に構えなおした。すると、小津は両足を大きく開き、刀を中段に取った。

それを見た十内は、

「きさま、あのときの……」

と、つぶやいた。辻村格之進に闇討ちをかけた男だったのだ。

「わかったか」

冷え冷えとした笑みを浮かべた小津は、十内のがら空きの胴を狙って撃ち込んできた。

十内は利き足で跳躍すると、襲いかかってくる剣を上から打ちたたき、返す刀で小手を狙いにいったが、うまくかわされた。

すぐさま小津は反撃に移り、胴を抜きに来た。十内はすばやく下がってかわしたが、小津の攻撃が牽制だったことに気づいた。そのときには、小津の体がひとつの黒い塊となって懐に飛び込んできた。

（いかん……）

十内はかわしきれないと思い、半身をひねりながら柄頭で小津の腕をたたいた。

「うっ……」

うめきを漏らした小津は片膝をついたが、すぐに離れようとした。だが、その前に十内の動きが早かった。

袈裟《けさ》懸《が》けに小津の肩を狙って刀を振り下ろしたのだ。

「とおっ」

裂帛《れっぱく》の気合もろとも、小津は肩を斬られるはずだった。だが、十内の刀は小津の肩ではなく、ぴたりと首筋につけられていた。

小津の体が硬直していた。

「このまま刀を引いてもいい。胴と首はそれでおさらばだ」

「……………」

小津は声も出せずにかたまっている。その頬を流れる汗が、月あかりをはじいた。

「二度とおれの前にあらわれるな。もし、あらわれたら、そのときは容赦せぬ」

十内はそういい放つと、小津の腹を思い切り蹴った。小津は無様にも地にうずくまり、苦しそうにうめいていた。

「去《い》ねッ」

十内は吐き捨てて刀を鞘に戻すと、そのまま何ごともなかったように歩き去った。

由梨と出くわしたのは、初音馬場を過ぎて馬喰町の通りに出たときだった。

「何をやってるんだ」

「お夕ちゃんがいなくなったのよ」

「いなくなった……」

「泣きながら家を飛びだして、どこへ行ったかわからなくなったの」

由梨は通りを眺めながらいう。

「なぜ、そんなことに？」

「好きな人がいたんだけど、その人が里に帰ってしまったらしいの」

「まさか、追いかけていったというんじゃないだろうな」

「ううん、相手にはおかみさんも子もいるから無理よ。ほんとにどこに行ったのかしら。もう今日は昼間から泣いてばかりだったし、まさか身投げなんかしないと思うけど……」

「縁起でもないことをいうな。じきに帰ってくるだろう。それなら家で待って様子を見ようじゃないか。あの女のことだ。もう家にいるかもしれない」

十内はそういって由梨をうながして、橋本町の家に戻った。

しかし、お夕は長屋には戻っていなかった。それなら、十内の家で待ってみようということになった。

由梨はしきりにお夕の安否を心配しつづけた。

「お夕が惚れた男というのはどこの誰なんだ？」

十内は家にあった酒をちびちびやりながら訊ねる。

「祐斎先生の家の隣に住んでいた指物師なんだけど、郷里で店をやることになったらしくて帰ったのよ。たしかに見目のいい人なんだけど、どうして女房子供のいる人に惚れてしまったのかしら……。お夕ちゃん、一目惚れしたらしいけど、あたしにはよくわからないわ」

「お夕はその指物師と恋仲にでもなっていたのか……」

もし、そうだったなら、十内は少し嫉妬したかもしれないと自分で思う。

「ううん、ただの恋病みよ。所詮叶わぬ恋だと、お夕ちゃんもわかっていたようだから」

突然、表にぱたぱたという足音がした。

二人が玄関のほうを見ると、がらりと戸が開けられ、お夕が駆け込んできた。

「早乙女さん……あ、やっぱりここにいた」

お夕は十内から由梨に視線を移して、

「由梨ちゃん、変なことしゃべってないでしょうね」

と、目を険しくする。

「何も話していないわ。ねえ、早乙女さん」

「うん」

十内は由梨に合わせる。

「心配してあちこち探したのよ。そうしたら早乙女さんに会って、それからここで待っていたの。でも、帰ってきてくれてよかった」

「なにいってるのよ。あたしはお蕎麦屋さんにうどんを買いに行ったのよ」

「うどん……」

由梨が声をひっくり返して、目をまるくした。

「うどんがどうした？」

十内が不思議そうな顔をすると、

「食べたくなったのよ。ちょっといやなことがあったから、おいしいものをたくさん食べて忘れることにしたの。早乙女さん、この前のうどん、おいしかったからまた作ってよ。ほら、こんなに買ってきたのよ」

お夕はそういって、うどん玉の入った笊をどんと置いた。

「早乙女さん、聞いてあげてよ。ねッ」

由梨がお夕にわからないように片目をつぶる。

「よし、それなら作るとするか」

十内は腰をあげると、襷《たすき》をかけて台所に行き、湯をわかしはじめた。

そこへ、由梨がやってきて、

「早乙女さん、よかったね」

といって、ふんわり微笑んだ。

十内も微笑みを返して、けろっとした顔をしているお夕を振り返った。